SVLTO

Charles und Eva Caradec sind in die Vorstadt gezogen, um etwas Platz zu haben und im Grünen zu leben. Das Heizsystem wird aus erneuerbarer Energie gespeist, das Abwasser ebenso wie der Kompost recycelt. Und hinter den frisch verputzten Fassaden belauern sich die Nachbarn bald gegenseitig. Sie überwachen und strafen einander, es entstehen Intrigen und Affären. Die gemeinsamen Grillabende können nicht darüber hinwegtäuschen, dass das Versprechen dauerhaften Glücks nicht im Neubaugebiet liegt, und als eine Nachbarin spurlos verschwindet, scheint die Katastrophe unabwendbar.

Julia Deck komponiert genüsslich und grausam eine Handlung aus falschen Fährten und fragwürdigen Indizien, um den Leser gleichzeitig auf die Spur als auch in die Irre zu führen. Ein bitterböse-ironischer Nachbarschaftsroman über moderne Mythen.

Julia Deck

PRIVATEIGENTUM

Roman

Aus dem Französischen
von Antje Peter

Verlag Klaus Wagenbach Berlin

1

Ich fand es falsch den Kater zu töten – ganz allgemein und auch in diesem speziellen Fall –, als du mir sagtest, was du mit dem Kadaver anstellen wolltest. Es war schon April, sechs Monate, nachdem wir umgezogen waren. Die neuen Häuser glänzten in der Sonne, auf den Dächern glitzerten die Solarzellen, und der Rasen wuchs üppig auf beiden Seiten des Weges. Du hattest mich nach draußen begleitet, wo ich die Ringelblumen vor dem Küchenfenster umtopfte. Die Blätter entfalteten sich unter meinen behandschuhten Fingern, dazwischen pralle Knospen, als könnten sie jeden Moment vor lauter Kraft platzen.

Du hattest dir bis in jede Einzelheit überlegt, wie du dem dicken Rotpelz den Garaus machen würdest. Wie du da standst, an die Eingangstür gelehnt, und in aller Seelenruhe deinen Plan vor mir ausbreitetest, wühlte ich einfach weiter in der Erde herum, ohne ein Wort. Zweifellos grübeltest du deshalb so herum, weil du wütend warst, und deine Worte wären genauso folgenlos geblieben, wie wenn du dich darüber aufgeregt hättest, dass ich Fleisch koche oder dass sich am Badewannenrand Kalk abgesetzt hat. Ich verteilte die Wurzeln in der Erde und klopfte sie fest. Ich glaubte, dass du mich nur provozieren wolltest. Und dass du auf jeden Fall verhindert hättest, dass neugierige Ohren dich hören, wenn du auch nur die geringste Absicht gehabt hättest, es wirklich zu tun. Du wusstest ganz genau, dass hier nichts unbemerkt bleibt. Ja, du hast grundlos Zweifel geschürt, Öl ins Feuer gegossen.

Später, als wir schlafen gingen, dachte ich trotzdem wieder darüber nach, den Kater umzubringen. Ich fragte mich, ob ich es schaffen würde, den Wagen aus der Tiefgarage des Supermarktes zu holen, zum Industriegebiet zu fahren und Rattengift zu kaufen. Im Untergeschoss des Baumarkts zu parken und dabei daran zu denken, ein Lebewesen zu töten – schlimmer noch: es zu ermorden. Mit dem Fahrstuhl bis in die erste Etage zu fahren, den Verkäufer geschickt auszufragen, um genau das Produkt zu finden, das am besten für unsere Zwecke geeignet wäre – als ginge es um Billigsocken vom Discountmarkt. Ich fragte mich, zu welchem Zeitpunkt der potenzielle Mörder zum tatsächlichen Mörder wird und ob ich in der Lage wäre, diese Grenze zu überschreiten.

Am einfachsten wäre es gewesen, wenn du allein hingefahren wärst. Wenn du das Auto genommen und dich selbst um deinen dämlichen Plan, den Kater zu töten, gekümmert hättest. Aber du bist seit Jahren nicht gefahren. Und nur dafür hättest du bestimmt nicht wieder damit angefangen.

In der Dunkelheit malte ich mir aus, wie ich das Gift unter die Fleischklopse mischen und dem Tier verabreichen würde. Wie ich den Blechnapf vor die Gartentür stellen und auf den großen roten Kater warten würde. Ich spürte sein Fell an meinen nackten Armen, wenn ich ihn nach dem Fressen hochnehmen würde. Ich sah vor mir, wie ich ihn in den Keller trug, um ihn hinter verschlossener Tür sterben zu lassen und dann mit dem Kadaver zu machen, was du vorschlugst. Denn es ging nicht nur darum, den Kater zu töten. Es ging darum, unseren Triumph zu untermauern, unseren Aufstieg zum Privateigentum.

2

Am Anfang machte es mir nichts aus, dass du nicht mehr mit dem Auto fahren wolltest. Es stand im Untergeschoss unseres früheren Hauses unbenutzt herum. Wir brauchten es nicht, um uns innerhalb von Paris fortzubewegen. Aber dann habe ich begriffen, dass es nicht allein darum ging. Sondern dass du dich weder jetzt noch irgendwann sonst jemals wieder ans Steuer setzen würdest.

An die öffentlichen Verkehrsmittel war gar nicht zu denken. Du fingst an, längere Strecken mit der Metro zu vermeiden, unter dem Vorwand, dass es, objektiv gesehen, äußerst umständlich sei, an der Haltestelle Châtelet oder Montparnasse umzusteigen. Daraufhin hast du dich von der gesamten Untergrundbahn verabschiedet. Du hattest einen Artikel gelesen, in dem stand, dass die Luft dort unten viel schlechter sei als auf dem Autobahnring. Und schließlich wolltest du nicht freiwillig ersticken. Als ich dir entgegenhielt, dass unser Leben dadurch nicht unbedingt leichter werden würde, suchtest du den Artikel auf deinem Schreibtisch und hieltest ihn mir vor die Nase. Währenddessen schälte ich das Gemüse oder ich räumte den Geschirrspüler ein. Danach waren es die Busse, mit denen du nicht mehr klarkamst. Dein Mittwochstermin bei Serrier wurde zu einem endlosen Martyrium. Du musstest dich stundenlang seelisch darauf vorbereiten, und dann waren die Busse immer zu langsam und voller ungehobelter Leute. Damit stand fest, dass du dich auf unseren Häuserblock beschränken und dir im äußersten Notfall eben ein

Taxi rufen würdest. Unsere Wohnung war geräumig und komfortabel, sie reichte von Osten nach Westen und war gut beheizt. Wir hatten eine schöne Büchersammlung. Man konnte hier gut und gern sein Leben verbringen, ohne Unannehmlichkeiten. Unten im Haus gab es sogar einen Fitnessraum. Du warst jeden Morgen dort, um dein Herz und deinen Körper zu stählen, damit ich mich nicht in eine mürrische Ehefrau oder Frühwitwe verwandelte. Der Kompromiss schien annehmbar. Ich hörte auf zu diskutieren.

Das ging ein paar Jahre gut. Aber dann beschlossen wir dennoch umzuziehen. Meine Balkonpflanzen hatten zu wenig Platz. Der Jasmin quoll aus den Töpfen. Die Rosenstöcke verlangten rigoros nach Raum für ihre Zweige. Jedenfalls war es höchste Zeit, eine Immobilie zu erwerben. Ich beschäftigte mich mit Städteplanung. Ich glaubte an die Expansion der Stadt außerhalb ihrer Grenzen, daran, dass es den Menschen im Grünen und in weniger dicht besiedelten Gebieten besser ging. Wir wären weg von Lärm und Luftverschmutzung. In unserem Garten könnten wir unbedenklich tief Luft holen.

Da wir umweltbewusst waren, wollten wir ein Haus, das wenig Energie verbrauchte und aus schönen nachhaltigen Materialien gebaut war. Wir wurden schnell fündig. Am Stadtrand gab es ökologische Neubauviertel. Nach einigen Taxifahrten fiel unsere Wahl auf eine kleine aufstrebende Gemeinde. Sie war an das Pariser Verkehrsnetz angebunden, und die Baufirma malte uns aus, dass auch die Metro bald hierherfahren würde. Wir waren sicher, dass es eine gute Investition war.

Das Projekt, für das wir uns entschieden, war das schönste und teuerste von allen. Eine alte Speicherstadt wurde in ein Wohngebiet für zahlungskräftige

Kunden umgewandelt. Dank einer Solaranlage würde die Parzelle hinsichtlich der Energieversorgung vollkommen unabhängig sein. Die Abfälle sollten durch ein unterirdisches Netz automatisch zur Müllverwertungsanlage transportiert werden. Der Biomüll würde in einem Kompostbecken am äußersten Rand der Wohnsiedlung gesammelt werden. So könnte man in jedem Garten ein Gemüsebeet anlegen.

Das Bauprojekt nahm zwei Jahre in Anspruch. In dieser Zeit machten wir uns Gedanken über die Einrichtung. Vier Doppelhäuser, identisch von den Grundmauern bis zum Dach, säumten den Weg. Im Erdgeschoss befand sich eine große offene Küche, die in den Wohnbereich überging. Auf der anderen Seite lag ein von Hecken eingefasster Garten, in den man von einem kleineren Zimmer aus gelangte, wo du dein Büro haben wolltest. Mein Zimmer würde ich in der oberen Etage einrichten, zwischen Bad und Schlafzimmer, das über einen Balkon verfügte, der zur Allee hinausging.

Einige Monate vor unserem Umzug bastelten wir aus Papier kleine Schnittmuster unserer Möbel, um sie auf dem Grundriss zu verteilen. Nach dem Abendessen rollten wir die Pläne auf dem Tisch aus und schoben Bücherregal und Sofa hin und her, um die beste Lösung zu finden. Ich liebte die Vielfalt der liebevoll zusammengestellten Einrichtungsvarianten, wie ich sie aus den großen Möbelgeschäften kannte. Mit einem Lächeln auf den Lippen gingen wir schlafen und träumten davon, wie herrlich es sein würde, unser neues Haus in Besitz zu nehmen und wie glücklich wir über unsere Entscheidung sein würden.

3

Sie kamen eine Woche nach uns. Wir hörten den Umzugslaster vor unserem Schlafzimmerfenster. Plötzlich ging der Motor aus. Man hörte Schritte auf dem Kiesweg. Jemand versuchte, unsere Tür aufzuschließen. Ich zog die Hausschuhe an und ging auf den Balkon. Es war ein klirrend kalter Novembertag. Ich rief ihnen zu, dass sie sich wohl in der Tür geirrt hätten, und ging zurück ins Warme.

Den ganzen Vormittag über schleppten sie Kartons. Ihre Haushälfte füllte sich mit unendlich vielen Gegenständen, im Vergleich dazu hatten wir wirklich wenig. Das fand ich auch, als wir unsere Sachen auspackten. Dreißig Jahre gemeinsames Leben, zusammengefasst in ein paar Tausend Büchern, den unabdingbaren Möbeln und nur wenigen anderen Gegenständen. Wir hingen nicht an Dingen. Wir dachten, sie würden uns einschnüren, unsere Gedanken am Fließen hindern. Doch an jenem Tag, ich war gerade dabei, Geschirr in den Schrank zu räumen, empfand ich ihre Abwesenheit als seltsam schmerzhaft. Zwischen Fetzen gepolsterter Plastikfolie und Klebebändern musste ich auf einmal weinen. Es überkam mich einfach, ich konnte nichts dagegen tun. Ich versuchte, so leise wie möglich dabei zu sein und schniefte lautlos. Doch trotz aller Vorsicht hast du mich gehört und kamst in die Küche gelaufen, um mir eine Standpauke zu halten. Wir hatten uns diese Entscheidung doch zwei Jahre lang reiflich überlegt. Ich sei inkonsequent. Schließlich verabscheuten wir jede Form von Sentimentalität, genauso wie übertriebene Gefühlsäußerungen. Ich wischte mir die Tränen ab, als es auf einmal an der Tür klopfte.

Alle Küchengeräte waren geliefert worden. Elektrizität und Internet funktionierten tadellos. Wir hatten keine Ahnung, wer das sein sollte. Du sahst mich mit einem bohrenden Blick an, der mir klarmachte, dass du die Tür nicht öffnen würdest. Ich ging hin.

An der Schwelle stand eine zierliche, dunkelhaarige Frau in schwarzer Sportkleidung, mit einem kleinen Jungen auf dem Arm. Sie reichte mir eine Babyflasche.

»Mikrowelle«, sagte sie entschieden, »dreißig Sekunden, und keine einzige mehr.«

Ich nahm die Flasche, so wie man die Werbeprospekte am Ausgang der Metro entgegennimmt, die Geste ist zu kategorisch, als dass man ausweichen könnte. Die Dunkelhaarige folgte mir in die Küche.

Du hattest das Weite gesucht, aber ich hörte, wie du in deinem Zimmer auf und ab gingst und nur darauf wartetest, dass sie wieder verschwand. Ich machte mich an der Mikrowelle zu schaffen. Ich wollte sie anschließen, aber sämtliche Steckdosen waren auf einmal verschwunden. Ich fand rein nichts mehr in meiner Küche, dabei hatte ich noch eine Woche zuvor alles wie im Schlaf beherrscht. Wieder stiegen mir Tränen in die Augen.

»Das scheint nicht zu funktionieren«, gluckste die Dunkelhaarige. Sofort bist du wieder aufgetaucht.

»Charles Caradec, freut mich, Sie kennenzulernen. Vergessen Sie mal meine Frau, sie steht ein bisschen neben sich.«

Die Brünette gluckste wieder, diesmal etwas nervöser. So reagieren junge, empfindsame Frauen immer auf dich.

»Annabelle Lecoq«, stotterte sie und zog ihr Händchen aus deiner männlichen Faust.

Dann wandte sie sich mir zu, um einen Kaffee zu ordern.

»Hier bin ich für den Kaffee zuständig«, hast du verkündet und dich dann ans Werk gemacht.

Ohne die Tassen zu beachten, die ich gerade ausgepackt hatte, hast du den Espresso in einen dieser Plastikbecher gefüllt, die wir seit einer Woche recycelten. Danach hast du sie zum Ausgang begleitet – sie, ihren Sohn und sein Fläschchen, das du aufgewärmt hattest, du hast es wirklich geschafft, in dreißig Sekunden und keiner Sekunde länger.

»Was für eine blöde Kuh, hoffentlich kriegen wir von ihr und dem Kind nicht allzu viel mit«, hast du gesagt und die Tür geschlossen.

Wir brachen in Gelächter aus. Zum ersten Mal löste sich die Anspannung, nach etlichen Stunden, die uns unwirklich vorkamen und in denen wir unaufhörlich versucht hatten, den richtigen Platz für diese Lampe oder jenen Tisch zu finden, um dann doch alles wieder umzustellen. Denn es war viel zu früh, wirklich viel zu früh, um jetzt schon zu wissen, wie wir in diesem Haus leben sollten.

Hand in Hand bewunderten wir unseren Garten. Bis jetzt war es allerdings nicht viel mehr als ein langgezogenes begrüntes Rechteck. Doch dahinter erstreckte sich eine unbebaubare Parzelle, sodass wir den Himmel sehen konnten, lange, blassgelbe Wolkenfasern inmitten des Novembergraus.

In diesem Moment entdeckten wir den dicken roten Kater. Er war gerade über die Hecke geklettert, die uns vom Garten der anderen Doppelhaushälfte trennte. Erst begnügte er sich damit, über den Rasen zu schleichen und daran zu schnuppern, während er uns schräg beäugte. Ich öffnete die Terrassentür, hockte mich hin und schnalzte mit der Zunge.

Misstrauisch kam er näher. Am Ende schlich er um meine Beine herum, während ich ihm den Hals kraulte. Der Kater verstand das als Einladung für eine Besichtigung unseres Hauses. Du hast sofort widersprochen. Du hast gesagt, wenn er erst einmal drin sei, würden wir ihn nicht mehr loswerden. Und wenn ich nichts dagegen unternähme, würde ich schon sehen, was ich davon hätte. Ich kraulte ihn weiter am Bauch. Auf deine Prognosen gab ich nichts.

4

Unser Haus war das erste in der Allee auf der Seite mit den ungeraden Hausnummern. Gegenüber wohnten die Taupins, ein Paar um die vierzig mit zwei Teenagern. Wir liefen uns täglich über den Weg, wenn wir den Müll hinunterbrachten oder zum RER gingen. Jedes Mal wechselten wir ein paar freundliche Worte, freuten uns darüber, dass wir so schöne Häuser besaßen. Cécile duzte mich spontan. Sie gefiel mir von Anfang an. Sie war ein bisschen jünger als ich, umgänglich, witzig. Wir verabredeten uns für einen Kaffee bei ihr, sobald sich die Gelegenheit dazu bieten würde.

Ich ging an einem Sonntagnachmittag hinüber, während du Mittagsschlaf machtest. Als ich ankam, hatte Patrick gerade die Küche aufgebaut. Ich bewunderte die millimetergenaue Ausrichtung, das schön geölte Massivholz. Wir haben unsere von einem Dienstleister aufbauen lassen und sind, was die Möbel und Geräte angeht, den Ratschlägen des Verkäufers gefolgt. Ich hatte zunächst protestiert, als er uns den Kostenvoranschlag präsentierte – vierzehntausend Euro ohne die Elektrogeräte –, aber er fügte hinzu, dass es einen Multifunktionstoaster gratis dazu gebe. Du meintest, wir würden ja schließlich nicht alle Tage eine Einbauküche kaufen, und dass wir doch jetzt nicht herumfeilschen sollten, wenn wir es uns einmal gönnten. Also habe ich den Vertrag unterzeichnet.

Cécile holte eine Birnentarte aus dem Ofen. Sie entschuldigte sich und lächelte verlegen. Ja, am Wochenende würde sie ganz gerne backen. Sie hätte sich das wegen der Kinder angewöhnt. Ich setzte mich auf einen Barhocker und wartete, bis sie die Tarte anschnitt. Ich suchte nach ein paar passenden Worten, aber es fiel mir nichts ein. Es kam so selten vor, dass man mir ein Stück Tarte anbot, dass ich nicht einmal wusste, ob ich das überhaupt wollte. Cécile fragte mich, ob ich einen Job hätte. Ich sah sie irritiert an. Dann meinte sie sogleich:

»Am Wochenende, ich wollte nur wissen, ob du auch am Wochenende arbeitest.«

»Ich arbeite jeden Tag und auch abends«, antwortete ich und biss in den Kuchen.

Man muss zugeben, er war gut. Du machst nie Dessert. Du findest, Süßigkeiten schwächen den Geist, und ich habe mich von dir überzeugen lassen, oder einfach nur vergessen, wie Zucker schmeckt.

»Es ist wichtig, dass man etwas Sinnvolles tut«, sagte Cécile mit nostalgischem Unterton.

Dann erzählte sie mir, dass sie seit der Geburt ihres zweiten Kindes – Apolline, inzwischen dreizehn – in Teilzeit arbeite, und dass ihre Kollegen, weil sie mittwochs nicht mehr arbeitete, sie systematisch übergingen, wenn sie sich in den Sitzungen zu Wort meldete. Ich hörte ihr zu, während ich mein Stück Tarte aufaß. Solche Vorträge und Klagen waren mir nicht unbekannt. So was konnte man in der Presse lesen. Ich betrachtete Cécile, ihre Tarte, ihre mit Butter beschmierte Bluse. Sie strahlte. Ich fragte mich, ob ich genauso glücklich gewesen wäre, in dieser Bluse voller Flecken.

Beim Abschied vereinbarten wir, dass wir uns das nächste Mal bei uns treffen würden. Wir hatten einen gut gefüllten Weinkeller. Wir würden bei dieser Gelegenheit eine besondere Flasche aufmachen. Es war eine Einladung, wie sie in Paris oft ausgesprochen wird – in dem Moment ehrlich gemeint, aber ohne jede zeitliche Verbindlichkeit, sodass der andere schon ahnt, dass daraus nichts wird. Doch Cécile kam aus Seine-et-Marne. Eine Einladung war eine Einladung. Sie entgegnete, dass sie übernächsten Samstag Zeit hätten. Ich hatte zwei Wochen, um die Idee bei dir anzubringen.

Da mich Cécile bis zur Haustür begleitete, freute ich mich einmal mehr darüber, dass unser Rasen so prächtig gedieh. In den ersten Tagen taten wir alles, um ihn nicht zu betreten. Doch nichts schien seine Widerstandskraft zu beeinträchtigen, sodass wir uns am Ende sogar trauten, den Fuß auf das prachtvolle Grün zu setzen, an dem Wassertropfen und Spinnennetze hängenblieben.

5

Er wusch gerade sein Auto. Es war ein teures Modell, aber nichts Besonderes. Sie passten perfekt zusammen. Ich grüßte höflich. Er antwortete: »Arnaud Lecoq, ich glaube, Sie haben meine Frau bereits kennengelernt.«

Dann machte er sich wieder an seinem Auto zu schaffen. Die Häuser in unserer Straße hatten keine Garage, zur Verkehrsberuhigung. Wir hatten unseren Wagen im Parkhaus vom Supermarkt stehen. Einen Moment lang fragte ich mich, warum Lecoq sein Auto ausgerechnet vor unserer Haustür geparkt hatte, aber es gab sicher einen guten Grund. Arnaud machte alles in allem einen netten Eindruck. Ich dachte, dass ich das Verhalten seiner Frau möglicherweise falsch interpretiert haben könnte. Wir hatten einfach einen schlechten Start. Das würde sich schon wieder einrenken.

Ich ging in Richtung Laden. In Paris waren wir umgeben von großen konkurrierenden Markengeschäften, und wir konnten diese Invasion des Großhandels in den Städten nicht scharf genug verurteilen. Es war gut, keine Wahl mehr zu haben. So konnten wir uns auf das Wesentliche konzentrieren.

Ein alter Mann verkaufte Palmen vor den Automatiktüren des Supermarktes. Ich versprach ihm, später eine mitzunehmen. Die Lebensmittelabteilung begann mit den üblichen Obst- und Gemüsereihen. Ich nahm eine Orange in die Hand und fand sie zu weich, dann eine Tomate, die ich auch gleich wieder zurücklegte. Dann folgten die Milchprodukte. Es gab nur sehr wenig Auswahl. Ich ärgerte mich über mich selbst, weil ich daran dachte, dass es doch viel mehr gab, Dutzende Varianten aller möglichen Desserts in jeder nur denkbaren Geschmacksrichtung. Aber deinen Schafsmilchjoghurt gab es nicht.

Ich ging weiter und überlegte, vielleicht ein Hähnchen zu kaufen. Du müsstest es nur in den Ofen schieben, sobald du von deinem Termin bei Serrier zurück wärst. Natürlich würde ich dir meine Hilfe anbieten. Aber du würdest antworten, dass man sich letztlich nur auf sich selbst verlassen könne und dass ich ohnehin keinen Sinn fürs Kochen hätte. Dann würde ich mir ein Glas Wein einschenken und mich hinter dem Computer vergraben, bis du mich zu Tisch rufen würdest.

Die Auswahl an Hähnchen war sehr viel kleiner als in der Stadt. Sie lagen auf blauem Polystyrol im mittleren Fach der Kühltruhe. Vergebens suchte ich nach den beruhigenden Etiketten, die Auskunft über die artgerechte Haltung der Tiere gaben.

»Benötigen Sie eine Brille?«, gluckste eine helle Stimme hinter meinem Rücken.

Ich erkannte sie sofort wieder, mit ihrem akkuraten Bob und den großen, schrägstehenden Augen, die mich musterten, als ob sie sich über mich lustig machen wollten.

»Meine Hähnchen«, stotterte ich, »ich finde meine Hähnchen nicht.«

Annabelle streckte die Hand aus, griff nach dem größten Geflügeltier in der Vitrine und legte es in ihren Korb. Dann drehte sie sich auf dem Absatz um und summte:

»Bis bald.«

Ich verzichtete auf das Hähnchen. Stattdessen kaufte ich panierten Fisch und betete, dass du schon zu deinem Termin aufgebrochen warst und mir deine Ansprache über Tiefkühlgerichte ersparen würdest. Dann schlich ich an dem Palmenverkäufer vorbei, ohne mein Versprechen zu halten.

Um Zeit zu schinden, ging ich zur Apotheke. Die meisten Läden waren in der Nähe des Bahnhofs. Auf dem Weg dorthin wechselten sich Backsteingebäude und ein- oder zweistöckige Wohnhäuser mit Baustellen ab. Verpackungsreste flatterten über die Straße. Eine mit Regenwasser vollgesogene Matratze lag an der Bordsteinkante. Mir wurde wieder klar, dass es jenseits der Stadtautobahn großräumige Gebiete gab, wo die Mieter meist weniger umweltbewusst waren als die Eigentümer.

Vor der Café-Bar Voltigeur, gegenüber vom Bahnhof, lief ich Patrick Taupin über den Weg. Er kaufte gerade Rolltabak – ohne synthetische Zusatzstoffe, wie er sogleich bekräftigte. Aus Angst, er könnte mir vorschlagen, gemeinsam zurückzugehen, verabschiedete ich mich schnell und verschwand in der Apotheke. Kaum drin, entdeckte ich Aude Lemoine in der Schlange. Sie war erst jüngst mit ihrer Familie ans Ende unserer Straße gezogen. Wir hatten damals kurz über das Kompostbecken gesprochen, das man sorgfältig pflegen musste, um nicht von Mücken und Maden heimgesucht zu werden.

Ich tat so, als interessiere ich mich für die Baby-Hygieneartikel, während ich durch die Scheibe hindurch Patrick, zugleich aber auch Aude beobachtete, die sich der Kasse näherte. Als sie an der Reihe war, verließ ich die Apotheke und ging so langsam wie möglich weiter, um nicht erneut Patrick über den Weg zu laufen. Der Seehecht schmolz in meiner Einkaufstasche friedlich vor sich hin.

Mir war kalt.

Der Wagen der Lecoqs funkelte in der Nachmittagssonne. Er stand noch immer vor unserer Haustür. Unser Briefkasten war voll. Ich ging ein paar Schritte über den Rasen, um die Zeitung zu holen. Die Grashalme richteten sich hinter meinen Schritten sofort wieder auf. Sie ragten nach oben wie Stacheln, und ich musste noch einmal hineingreifen, um zu überprüfen, ob der Rasen wirklich echt war, so übernatürlich dicht und üppig kam er mir vor.

Man hatte uns einen Haufen Werbebroschüren in den Briefkasten gesteckt. Sämtliche Großmärkte aus dem Gewerbegebiet schienen sich auf uns eingeschworen zu haben. Ich sammelte die Prospekte zusammen und suchte in meiner Tasche nach dem Haustürschlüssel.

Diesmal lugte sie durchs Fenster.

»Haben Sie am Ende Ihr Hähnchen gefunden?«, gluckste Annabelle aus dem Küchenfenster.

Ich wollte mich wortlos abwenden, als sie hinzufügte:

»Ich habe unsere Fußmatte noch nicht wiedergefunden, solange benutze ich eure, in Ordnung?«

Ich wusste nicht, was ich sagen sollte. Seit wir umgezogen waren, fiel es mir schwer, die richtigen Worte zu finden, sodass ich in neuen Situationen oft hilflos dastand. Die Werbeslogans flackerten in meiner zitternden Hand, als ich den Schlüssel ins Schloss steckte.

Du hattest mir einen Zettel auf der Arbeitsplatte in der Küche hinterlassen, auf dem stand, dass ich noch nicht mit der Vorbereitung des Abendessens beginnen sollte. Und dass du auf dem Rückweg bei unserem ehemaligen Fleischer vorbeigehen und dich um alles kümmern würdest. Tränen stiegen in mir auf. Eine Minute später schluchzte ich vor Glück und dankte dem Himmel, dass er mir den besten Ehemann geschickt hatte, den je eine Frau gehabt hat. Ich habe lange geweint. An einem bestimmten Punkt wusste ich nicht mal mehr genau, warum ich eigentlich weinte. Ich betrachtete unser Wohnzimmer, das Parkett aus Massivholz, die schneeweißen Wände, die Fensterfront, die auf den von duftenden Buchsbäumen umsäumten Garten hinausging. Wir hatten von unserem Wohnzimmer aus noch nie so viel Himmel gesehen. Ich dachte, dass wir wirklich Grund hatten, glücklich zu sein, es sprach einfach alles dafür. Ich schenkte mir ein Glas Wein ein und ging nach oben in mein Büro.

Mit dem Projekt für die Place des Fêtes im 19. Arrondissement in Paris kamen wir gut voran. Ich war aufgeregt. Man hatte sich für meinen Entwurf entschieden. Erst hatte ich ihn an die Agentur verkaufen müssen, doch dann hatten wir die Ausschreibung zusammen mit einem niederländischen Städtebauplanungsbüro gewonnen. Die Stadt ließ uns freie Hand, solange wir im Rahmen des Budgets blieben. Natürlich durften wir weder die Anwohner noch die Einzelhändler verärgern, beziehungsweise hätten wir das Ruder vor den Kommunalwahlen herumreißen müssen. Doch Benoît Klincksieck, der stellvertretende Bürgermeister und Stadtbaudirektor, traute uns zu, eine effiziente Lösung zu finden, wie er in jeder Sitzung betonte, um selbst nichts weiter damit zu tun haben zu müssen.

Ich war in die Lektüre eines Berichts vertieft und hörte dich kaum heimkommen. Aus der Küche riefst du nach oben, dass du Lammkoteletts gekauft hättest. Ich hob den Blick vom Computer:

»Was ist denn los?«

»Nichts, weshalb?«

»Doch. Lass uns Zeit sparen und sag schon, was los ist.«

Keine Ahnung, warum ich das gesagt habe. Ich weiß ganz genau, dass das nichts bringt. Denn du wolltest gar keine Zeit sparen. Vielmehr wolltest du so viel Zeit wie möglich verlieren. Ich ging zu dir in die Küche hinunter. Du gabst vor, die Küchengeräte nicht zu finden, obwohl du sie selbst nach einem ausgeklügelten System eingeräumt hattest. Mit Getöse hast du eine Schublade nach der anderen aufgerissen, Schranktüren zuknallen lassen. Ich sah mich um. Du hattest den Keramikkochtopf auf die Induktionsplatte gestellt. Ich griff danach, sah dir direkt in die Augen und ließ ihn einfach auf die Fliesen fallen, sodass er zerbrach.

»Ich habe zu arbeiten. Ich muss mich konzentrieren, und dann kaufst du Lammkoteletts, obwohl du genau weißt, dass ich das hasse. Wie sollen wir deiner Meinung nach das Haus abbezahlen, wenn ich nicht arbeiten kann?«

Dann schleuderte ich meine Schuhe von mir und fing an, auf den Scherben herumzutrampeln. Du hast sofort den Rückwärtsgang eingelegt, mich gebeten, gnädig zu sein und aufzuhören, du kannst kein Blut sehen. Aber mir machte es Spaß, zu spüren, wie die gusseisernen Scherben in meine Fußsohlen schnitten. Ich hatte Lust auf Schmerz. Dann wüsste ich wenigstens, warum ich so litt. Weil ich wie wild auf den Scherben herumtanzte, schobst du mich einfach beiseite. Ich stieß an die Kühlschranktür, während du zum Spülschrank eiltest, um Kehrschaufel und Besen herauszuholen.

Da klingelte es an der Tür.

»Geh nicht hin«, hast du gekläfft, und es war etwas Flehendes in deiner Stimme.

Alle unsere Fenster waren erleuchtet. Wonach hätte es ausgesehen, wenn wir nicht aufgemacht hätten? Ich wischte mir die Füße ab und öffnete die Tür.

Annabelle trug ihren Sohn auf der Hüfte und wirkte genauso verschlagen wie sonst. Sie fragte, ob alles in Ordnung sei. Aber natürlich hoffte sie nicht wirklich, dass alles in Ordnung war. Vielmehr wollte sie, dass wir leiser wären, damit der Kleine einschlafen könne, denn durch die geöffneten Fenster könnte man alles hören. Ich sah das schweigende Kind an, seine schlaftrunkenen Augen. Sie beobachtete mich weiterhin lächelnd. Annabelle wollte auch nicht wirklich, dass wir weniger Lärm machten. Sie wollte, ich weiß nicht was, einen Impuls, einen Instinkt befriedigen, denn von der ersten Sekunde an wollte sie Blut fließen sehen. Es ist falsch, sich zu verstellen – und absolut ungerecht anzunehmen, dass wir schuld sind.

6

Zu deinem fünfzigsten Geburtstag habe ich dir Ringelblumen geschenkt. Du hast zweimal versucht, sie kaputtzukriegen. Im letzten Sommer hast du sie unter der Sonne vertrocknen lassen, während ich in Rotterdam war, und dann noch einmal ein paar Monate später, als ich dorthin zurückkehrte. Zweimal konnte ich sie gerade noch retten. Ich habe die abgestorbenen Stiele und verwelkten Blüten weggeschnitten, die grauen Blätter entfernt und das bisschen Leben, das noch in ihnen war, neu entfacht. Dank meiner Bemühungen haben sie sich wieder aufgerappelt, sodass die Blüten in orangefarbener Pracht aufflammten.

Pflanzen mögen es nicht, umzuziehen. Seit wir hierhergekommen waren, machten Jasmin und Rosenbüsche einen mickrigen Eindruck. Nur die Ringelblumen sprossen fröhlich vor sich hin. Ich hatte den Blumentopf auf das Fensterbrett vor der Küche gestellt. So könnte ich sie jedes Mal gießen, wenn ich aus meinem Büro herunterkäme, um einen Tee zu kochen oder mir ein Glas Wein zu holen.

Von hier aus konnte man die ganze Straße einsehen. Neben uns kamen auf der Seite mit den ungeraden Zahlen erst die Lecoqs, dann die Benanis und schließlich die Lemoines, ein Krankengymnasten-Ehepaar mit zwei heranwachsenden Töchtern. Die ältere war außergewöhnlich groß und hübsch, die andere über die Maßen unfreundlich. Sie schien etwas mit der kleinen Benani-Tochter im Schilde zu führen, die ihrerseits eher phlegmatisch und leicht beeinflussbar wirkte. Die beiden lungerten die ganze

Zeit in irgendwelchen Ecken herum, vor allem in der Nähe von Tom, dem Sohn der Taupins, der sie geflissentlich ignorierte und stattdessen nur Augen für die große und schöne Lemoine-Tochter hatte.

Auf der Straßenseite mit den geraden Hausnummern wohnten zunächst Cécile und Patrick, das Haus daneben stand noch leer. Hier waren noch einige zusätzliche Arbeiten im Gange, da das Haus für eine Großfamilie bestimmt war und diverse Zwischenwände eingezogen werden mussten, damit alle Platz hatten. Im nächsten Haus lebten Romuald und Romaric, ein Paar mittleren Alters mit einem Foxterrier, der zu deiner Freude dem Kater der Lecoqs hinterherbellte, sobald er ihn auch nur sah. Am äußeren Ende wohnten die Bohats. Als Pensionäre des Verteidigungsministeriums schienen sie sich jedes Mal, wenn sie aus der Tür traten, zu entschuldigen. Das taten sie meistens dann, wenn sie zum Supermarkt wollten.

Alles in allem war man zufrieden. Nie zuvor hatte man so viel Platz für sich und die eigene Familie gehabt. Und außerdem waren die Häuser schön. Bei den künstlerisch Veranlagten hätte man Fotoshootings für Lifestyle-Magazine veranstalten können, meinte Romuald immer wieder. Annabelle stimmte glucksend zu. Cécile Taupin und Malika Benani sahen darin nichts Nachteiliges, hatten allerdings kaum Zeit für diese Art von Beschäftigung. Die Bohats und Lemoines hielten sich wie immer bedeckt. Sie mochten derartigen Klatsch mitten auf der Straße nicht.

Ein Thema hingegen beschäftigte die gesamte Anwohnerschaft. Die Wärmetauscher waren unterhalb der Straße verlegt. So konnte die Wärme des Abwassers weitergeleitet werden zu den Solarzellen, die sich auf den Dächern befanden, also für Heizung und

Warmwasser in den Sanitäranlagen. Das war modern und moralisch einwandfrei zugleich. Wir waren begeistert von diesem System.

Allerdings funktionierte es noch nicht so wie gedacht. Die Wärmetauscher fielen ständig aus, oder die Sonnenkollektoren taten nicht, was sie sollten. Unter den Anwohnern wuchs die Anspannung, es musste schnell eine Lösung her. Tagtäglich kamen Techniker, um die Anlage am Ende der Straße zu inspizieren. Die Experten prüften die Rohrleitungen und kratzten sich am Kopf. Jeder hatte eine andere Theorie. Etliche Zulieferer wurden infrage gestellt. Es war schwierig, irgendetwas herauszufinden, und am Ende taten alle Fachleute so, als sei die Anlage, die sie doch selbst unterhalb der Straße installiert hatten, von einer geheimnisvollen Macht herbeigezaubert worden.

In der Zwischenzeit mussten wir kalt duschen. Besonders unangenehm war das Anfang Dezember, als ich zum Dezernat für Stadtplanung musste. Jeden Montag trafen wir uns mit Benoît Klincksieck, der das Projekt seinerseits an oberster Stelle besprach, wie er bei jeder Besprechung betonte. Er war großgewachsen, schlank und immer korrekt gekleidet. Außerdem schien er weitsichtig genug, die Auswirkungen der Projekte, die man ihm vorlegte, einschätzen zu können, und klug genug, seine Nase nicht in die Details zu stecken, sobald die Baugenehmigung vorlag. Ich arbeitete gern mit ihm zusammen. Noch lieber arbeitete ich allerdings mit Bogaert.

Er war es gewesen, der uns das Geld beschafft hatte. Nicolaes Bogaert hatte die alten Hafenanlagen für soziale Wohnprojekte umstrukturiert, Kunstorte an Bahnhöfen oder stillgelegten Fabrikgebäuden geschaffen, damit die tragische Szenerie des industriellen Brachlandes zu korrigieren vermocht und es der Öffentlichkeit zugänglich gemacht. Von London bis Berlin – alle Metropolen rissen sich um ihn. Ich kannte ihn schon seit Langem. Nie hatte ich ihn um etwas gebeten, nur wenn ich ihn brauchte. Und ich glaubte an das Projekt an der Place des Fêtes, allein verfügte ich jedoch nicht über die nötigen Mittel, es durchzubringen.

Es hatte genügt, seinen Namen bei der Ausschreibung zu erwähnen, um ganz oben auf dem Stapel zu landen. Von da an ging es nur noch um Formalitäten. Zu den Sitzungen kam Bogaert nur selten. Er war ständig unterwegs, gefolgt von einer Schar Assistenten, die an den Projekten arbeiteten. Die Wochenenden verbrachte er mit seiner Familie in Rotterdam, aber manchmal gelang es mir, ihn zu überzeugen, am Montagmorgen in den Thalys zu steigen, um Benoît Klincksieck einen Besuch abzustatten. Mit seinem Charisma konnte er jede Schwierigkeit bezwingen. Später gingen wir in seine Zweitwohnung in Gambetta, die ganz in der Nähe des Friedhofs Père Lachaise lag. Dort hatte man mehr Ruhe zum Arbeiten. Dann nahm Bogaert wieder den Thalys und fuhr zurück. An solchen Montagen kam ich immer ein wenig später nach Hause.

7

Kaum war ich durch die Tür, spürte ich, dass etwas nicht stimmte. Bestimmt hattest du zu viel Kaffee getrunken. Du gingst auf und ab, unzusammenhängende Worte murmelnd. Ich dachte nur: Oh nein, bitte nicht jetzt.

Sonst schien alles um dich herum in Ordnung zu sein. Ich lief die Treppe hoch, um im Schlafzimmer nachzusehen, und um ganz sicherzugehen, warf ich auch noch einen Blick in den Kleiderschrank, bevor ich wieder in die Küche hinunterrannte. Da wusste ich es. Du hattest deinen Computer auf der Anrichte stehen lassen. Der Bildschirm flackerte in bizarren Mustern, eine Abfolge von Blitzen verhieß nichts Gutes. Mein Blick fiel auf die Tastatur. Eine bräunliche Flüssigkeit hatte sich über die Tasten ergossen. Ich sah die umgekippte Tasse, den Kaffee, die Pfütze auf dem Boden.

Eigentlich wirfst du nie etwas um. Das ist sonst mein Part, ob absichtlich oder aus Versehen. Ich ging ins Wohnzimmer, wo du immer noch auf und ab gingst. Ich sagte, das sei doch nicht schlimm, du würdest doch immer Backups von deiner Arbeit machen, und dass ich, sobald es ginge, zum Reparaturdienst gehen würde, auch sofort, wenn es sein musste. Aber du drehtest dich weiter um dich selbst wie ein Derwisch. Verzweifelt suchte ich nach einer Möglichkeit, dich zu bremsen, als ich plötzlich den Kater unter einem Sessel bemerkte.

»Ich hatte dir gesagt, ihn nicht hereinzulassen«, hast du gestöhnt.

Aber ich hatte ihn nicht hereingelassen. Er musste irgendwie hereingekommen sein, als wir gerade nicht hingesehen haben. Ich wiederholte es immer wieder, während ich den Kater hinausließ. Er haute durch den Garten ab. Ich rief Serrier an.

Es war spät. Sie sagte, ich solle dich am nächsten Morgen in ein Taxi setzen. Bis dahin musste ich tun, was zu tun war. Ich eilte nach oben, nahm zwei Tabletten aus dem Medizinschrank und zerdrückte sie mit dem Griff einer Zahnbürste in einem Glas. Eilig verrührte ich sie mit Wasser, rannte hinunter und reichte dir das Glas. Du hast es widerstandslos ausgetrunken und darauf gewartet, dass es dunkel wurde.

Danach ging ich wieder nach oben ins Badezimmer. Ich setzte mich auf den Wannenrand und fing an zu schreien. Ich brüllte, um meine Nerven zu beruhigen, um dieses Knäuel loszuwerden, das sich seit unserem Umzug in meinem Brustkorb festgesetzt hatte. Dann lauschte ich meinem Atem. Und immer wieder sagte ich mir: Alles ist gut, es geht bald vorüber, wir werden uns schon noch an dieses Haus gewöhnen.

Da hörte ich auf einmal ein Glucksen. Erst dachte ich, ich hätte mir das nur eingebildet, eine teuflische Erinnerung, die mich für irgendetwas bestrafen wollte, für mein Versagen, meine ständige Unsicherheit. Und wieder hörte ich dieses Lachen, diesmal sehr deutlich. Ich sah mich um. Es war niemand im Zimmer. Nur das Dachfenster stand halboffen, wenige Meter vom angrenzenden Badezimmer der Nachbarn entfernt. Mein Herz blieb fast stehen. Mir wurde klar, dass ich nicht mehr schreien durfte, dass ich meine Wut unterdrücken und selbst in unserem intimsten Schutzraum verstecken musste. Denn nichts, was hier geschah, würde unbemerkt bleiben. Vor allem aber wurde mir klar, dass ich es nicht schaffen würde.

8

Seit siebenundzwanzig Jahren gehst du zu Serrier. Ihr seid gemeinsam vorangekommen. Ihre Therapie hat sich im Laufe der Zeit verfeinert, während sich deine Diagnosen weiterentwickelten. Schon vor langer Zeit hatte sie aufgehört, von einer manisch-depressiven oder zwangsneurotischen Störung zu sprechen. Was dich betrifft, war immer nur die Rede von Wiederholungszwang. Die Bezeichnung wirkte nicht ganz so dramatisch und passte allen drei Beteiligten gut. Wir waren erschöpft von der wilden Romantik der ersten Einschätzungen.

Abgesehen von der Bezeichnung konnte ich kaum Fortschritte feststellen. Wir hatten uns im Grunde nur an deine Manien gewöhnt. Da sie nie wirklich zu einer Katastrophe führten, beschränkten wir uns darauf, abzuwarten, bis das Gewitter vorüber war. Von Zeit zu Zeit unterbrachst du deine Krankschreibung und fingst an, halbtags zu unterrichten, oder sogar in Vollzeit – je nachdem, auf welcher Welle der Begeisterung du gerade schwammst, ohne dabei zu hoffen, dass es diesmal gutgehen würde, dass du endlich die eingetretenen Pfade verlassen und ein normales Leben führen könntest, ohne jemals wieder zu straucheln. Wir warteten nur auf den nächsten Zusammenbruch. Wenn er erwartungsgemäß eintrat, rief ich Serrier an, die dann die entsprechenden Maßnahmen ergriff.

Ich bin ihr nie persönlich begegnet. Seit siebenundzwanzig Jahren gibt es nun in deinem Leben diese andere Frau, die ich niemals gesehen habe. Anfangs versuchte ich herauszufinden, wie sie aussah. Aber deine Beschreibungen widersprachen sich, sodass ich aufhörte, mir ein Bild von ihr machen zu wollen. Ich mochte die Vorstellung, dass eine Unbekannte mit uns lebte. Ich war ihr dankbar für ihre unsichtbare Präsenz und im Übrigen auch überzeugt, dass ich es ohne sie nicht geschafft hätte und dass mich eine Trennung binnen kürzester Zeit in einen Abgrund gestürzt hätte, in den du immer wieder abgetaucht und immer tiefer hineingeraten wärst.

In jenem Herbst kamst du mit einem neuen Rezept von deinem Termin zurück. Serrier hatte dir ein Medikament verschrieben, das gerade auf den Markt gekommen war und in das sie große Hoffnungen setzte. Ich brachte es aus der Apotheke im Stadtzentrum mit. Du bist ins Schlafzimmer hinaufgegangen und hast zwei Tage durchgeschlafen. Ich saß an meinem Schreibtisch und hörte deinen Atem im Zimmer nebenan. Wenn er sich veränderte, ging ich nachsehen, ob alles in Ordnung war, und bot dir eine Scheibe Brot oder einen Teller Suppe an. Ich wartete darauf, dass es dir besser ging, um auf einen Sprung nach Rotterdam fahren zu können.

In der ersten Zeit hast du mir meine Abwesenheiten gewaltig vorgeworfen. Vor dir hatte eine glänzende Karriere an der Universität gelegen. Es schien dir ungerecht, dass ich auf Reisen war, während du, gefangen in deinen Krisen, zu Hause bleiben musstest. Aber du hast dich daran gewöhnt, dass ich immer wieder verschwand. Mit der Zeit hast du sogar Gefallen daran gefunden. Ein paar Tage lang lebten wir ohne einander, aber dieses Gefühl der Unabhängigkeit beruhte ausschließlich auf der Gewissheit, dass wir uns bald wiedersehen würden. Die Freiheit hätte uns gelähmt, wenn wir nicht gewusst hätten, dass wir einander nach einer gewissen Zeit wiederfinden würden, so wie immer.

Plötzlich fiel mir wieder ein, dass ich Cécile und Patrick für kommenden Samstag eingeladen hatte. Angesichts deines Zustands war daran nicht mehr zu denken. Ich erwog zu behaupten, du habest dir den Ischias eingeklemmt oder einen Hexenschuss erlitten, jedenfalls etwas Langwieriges und Unangenehmes. Aber die Taupins würden am Ende ja doch hinter die Wahrheit kommen – dass mein Mann alles andere als normal war. Ich beschloss, ihnen alles zu sagen, ging hinüber und klingelte an der Tür.

Cécile hatte gerade die Kinder mit zu Decathlon genommen, aber Patrick bot mir ein Bier an. Ich nahm die Einladung an, fragte mich aber gleichzeitig, worüber wir wohl würden sprechen können. Doch Patrick war redselig. Er informierte mich über die Durand-Dubreuils, die gerade im Haus nebenan eingezogen waren. Die Dudus, wie sie sich selbst nannten, hatten fünf Kinder, die in regelmäßigen Abständen zur Welt gekommen waren und vom Kindergarten bis zum Gymnasium reichten.

»Eine moderne Familie, sie sind cool«, meinte Patrick, um jedes Missverständnis auszuräumen, und damit ich mir nicht irgendwas Falsches vorstellte.

Die Dudus hätten im Übrigen vorgeschlagen, bei ihnen ein »informelles Treffen« zu veranstalten. Ich dachte noch, dass mir der Ausdruck merkwürdig vorkam, warum haben sie nicht einfach zum Kaffee oder auf ein Glas eingeladen? Stattdessen sagte ich, dass ich gern kommen würde. Und ich fügte hinzu, dass wir die Taupins Samstagabend leider nicht empfangen könnten, wie es eigentlich ausgemacht war. Da Patrick nicht weiter nachfragte, gab ich keine weitere Erklärung dazu ab. Sein Bier war wirklich gut.

»Von einer hiesigen Brauerei«, sagte er zufrieden und holte zwei weitere Flaschen aus dem Kühlschrank.

Die Unterhaltung lief reibungslos. Wir »nahmen Verbindung auf«, wie Benoît Klincksieck ständig in Bezug auf alles und jeden meinte. Dann kam Cécile mit Tom und Apolline nach Hause. Patrick sagte ihr, dass wir unser gemeinsames Essen verschieben müssten. Sie stellte keine weiteren Fragen, sondern meinte nur, in Ordnung. Ich hatte sie deshalb sofort gern. Wenn ich eines Tages das Bedürfnis dazu verspüren würde, könnte ich mit ihr reden: Cécile würde mein Vertrauen nicht missbrauchen. Dann lehnte sie sich aus dem Fenster und bewunderte meine Ringelblumen. Ich hätte wirklich einen grünen Daumen, meinte sie begeistert, und solle ihr ein paar Ratschläge geben.

»Ringelblumen sind zäh«, entgegnete ich. »Sie überleben das Schlimmste genauso wie das Beste.«

Dann lachten wir.

9

Bis in die Sechzigerjahre hinein gab es auf der Place des Fêtes im 19. Arrondissement eine große Rasenfläche, einen Musikpavillon und eine überdachte Markthalle. Dann kam man zu der Auffassung, dass diese für die Öffentlichkeit bestimmten Räume und Grünflächen pure Verschwendung seien. Investoren boten an, die Fläche zu verdichten, um so die Rendite des Geländes zu steigern. Dafür würden ein paar Dutzend völlig intakter Gebäude abgerissen und durch Hochhäuser ersetzt werden, während der Rasen einem dreistöckigen Parkhaus weichen sollte. Kein einziger Politiker widersetzte sich diesem Bauvorhaben. Obwohl der Stadtplaner Marc Leboucher, dessen Name bald in aller Munde war, eine umfassende Studie vorgelegt hatte, begann man mit den Enteignungen und der Flurbereinigung der Parzellen, bevor die Abbrucharbeiter herangeholt und auf den Schutt riesige Klötze hingesetzt wurden, die einhellig als grässlich galten.

So begann meine Präsentation, mit der ich Benoît Klincksieck überzeugen wollte, uns das Projekt anzuvertrauen. Aber zwei Minuten, bevor ich hätte anfangen sollen, bekam ich Angst und bat Bogaert darum, an meiner Stelle zu sprechen. Sein Ruhm und der leichte Akzent würden alle Frechheiten mildern. Vielleicht hätten wir die Sache auch dann für uns entscheiden können, wenn ich selbst das Wort ergriffen hätte, vielleicht aber auch nicht. So aber begnügte ich mich damit zu lächeln, während Bogaert den Sieg davontrug.

Während der Belle Époque wurden hier auf dem Jahrmarkt Raubkatzen ausgestellt, und die Anwohner beschwerten sich über das Brüllen der eingesperrten Tiere bei Nacht. Ein Jahrhundert später trieb eine ganz andere Art von Bestien hier ihr Unwesen, auch sie hausten in Käfigen, diesmal allerdings in den Treppenhäusern. Sie waren in diverse Geschäfte verstrickt, zur großen Unzufriedenheit der einfachen Bevölkerung, die hier ansässig war und nicht über die Mittel verfügte, wegzuziehen. In den 2000er-Jahren half die Errichtung eines Polizeireviers, die Störenfriede zu entfernen, sodass sich die Gegend etwas beruhigte. Was blieb, waren die Betonklötze – futuristische Gespenster, die aus der Mode gekommen waren, noch bevor man sie fertiggestellt hatte, und die beim Betrachter nur eine Mischung aus Mitleid, Schrecken und Lachen auslösten.

Ich wollte diesen Platz zu neuem Leben erwecken. Und weil es zu kostspielig gewesen wäre, die Hochhäuser abzureißen, würde man lernen müssen, sie zu lieben, mit ihren stummen Fassaden, den Roboteraugen und den Fahrstühlen, die in schwindelerregende Höhen oder höllische Tiefen fuhren. Das Drehbuch, das ich zusammen mit Bogaert entworfen hatte, würde ihre einzigartige Schönheit herausstreichen, so wie auch ein hässliches Gesicht in vorteilhaftem Licht erstrahlen kann.

Wir arbeiteten am Konzept des unbestimmten Raums. Ich erinnere mich nicht mehr, wer von uns beiden am Anfang des Projekts stand, aber er war weitaus erfolgreicher als ich. Anstatt präzise Nutzungsmöglichkeiten vorzuschlagen – Kinderspielplätze, Brunnen, Amphitheater, in der Vergangenheit bereits allesamt ausprobiert und gescheitert –, versuchten wir stattdessen, die Natur des Raums miteinander zubeziehen. Unser Projekt sah eine dichte, aber leichte Bepflanzung des Platzes vor, durchsetzt mit zum Teil auswechselbaren Materialien, sodass die Anwohner selbst entscheiden könnten, wie sie den Raum nutzen wollten. Wir dachten an Gewächshäuser, Zelte und Holzmöbel und wollten es den lokalen Vereinen überlassen, sie zur Nachbarschaftspflege einzusetzen.

Scherzhaft meintest du, meine Geldgeber seien offensichtlich masochistisch veranlagt, weil sie mich dafür bezahlten, das Konkrete durch das Nichts zu ersetzen. Aber vorerst sagtest du gar nicht viel. Nur langsam tauchtest du aus der Vernebelung auf, in die dich Serrier katapultiert hatte.

Gegen Mittag kamst du im Morgenmantel herunter, setztest dich aufs Sofa, um den reifbedeckten Rasen anzustarren. Ich stellte dir einfache Fragen, die du mit Ja oder Nein beantworten konntest. Von Zeit zu Zeit hast du gefragt, wann wir nach Auxerre führen, woraufhin ich murmelte:

»Sobald das Projekt angelaufen ist.«

Den ganzen Winter über sahen wir uns alte Schwarz-Weiß-Filme an, wie früher, in den kleinen Kinosälen im Quartier Latin, und auch damals waren sie schon alt. Hinter dem Bildschirm ging die Sonne unter. Sofort stand die gesamte Fensterfront in Flammen, füllte sich mit roten Strahlen. Allein dieses Spektakel war schon ein paar Unannehmlichkeiten wert.

Wir mussten zum Beispiel einsehen, dass unser Heizungssystem, das zu hundert Prozent auf erneuerbaren Energien beruhte, definitiv niemals funktionieren würde. Das Planungsbüro hatte sich verkalkuliert. Die Menge an wiederverwertbarem Abwasser, das in der Parzelle entstand, reichte längst nicht aus, um den Heizkessel in Gang zu bringen. Kurzum, sobald es draußen milder würde, würden die Bohrungen für eine Gasleitung beginnen.

Vorerst bestellte ich uns einen Ölheizkörper. Wir kuschelten uns aneinander, wenn wir uns einen Film ansahen. Nach dem Abspann hattest du dann meist Mühe, vom Sofa hochzukommen. Ich putzte mir die Zähne, während du noch unten herumlagst. Eines Abends jedoch riefst du, ich solle wieder herunterkommen. Ich rannte im Nachthemd nach unten und fürchtete eine erneute Krise. Du lagst noch immer auf dem Sofa und sagtest:

»Hörst du nichts?«

Es stimmte, da war ein Geräusch. Wortfetzen, die zwar durch ein dichtes Material hindurch gedämpft, aber dennoch erkennbar vulgär klangen, wie aus einer Fernsehtalkshow.

»Diese Idioten«, schimpftest du. »Sie haben die Schallisolierung ruiniert.«

Ich erinnerte mich daran, dass wir tagsüber tatsächlich eine Bohrmaschine gehört hatten. Die Lecoqs hatten zu tief in die Wand gebohrt und somit die Zwischenschicht beschädigt, die die Schallwellen blockierte. Wir legten uns schlafen. Aber jetzt, da sich das Geräusch in meinem Schädel festgesetzt hatte, verfolgte es mich bis ins Schlafzimmer.

An den darauffolgenden Abenden hörten wir ihren Fernseher erneut. Wir stellten unsererseits lauter, um die Geräusche zu übertönen. Das funktionierte ziemlich gut, doch ich fürchtete die Pausen in den Dialogen, wenn uns das satte Gelächter von nebenan daran erinnerte, dass wir niemals allein waren.

Dann, an einem Samstag Ende März, als die Tage bereits deutlich länger waren und die Temperatur blitzartig anstieg, verstopften unzählige Autos die Straße. Von der Küche aus konnte ich sehen, wie sie vor unserer Haustür parkten und nach und nach die ganze Straße blockierten. Paare stiegen aus, die Männer in Sakkos, die Frauen in kurzen schwarzen Kleidern. Sie waren allesamt mit Champagnerflaschen bewaffnet und diskutierten lautstark, wo die genaue Adresse sei, bevor sie die Haustür der Lecoqs ansteuerten.

Ich rannte in den Garten. Auf der anderen Seite stiegen die ersten Barbecue-Wolken auf, als der Verstärker eingeschaltet wurde. Sie hätten uns vorwarnen müssen. In einer solchen Extremsituation hättest du es sogar in Kauf genommen, das Haus zu verlassen. Ich schloss alle Fenster, zog die Vorhänge zu. Wir aßen schnell, nahmen ein Schlafmittel und gingen mit Ohrstöpseln ins Bett.

Um ein Uhr morgens vibrierte die gesamte Allee vom Partylärm. Es war eine Mischung aus Metall-Musik, Geschrei von Betrunkenen und Geklirre von Gläsern. Ich wunderte mich darüber, wie still es in den anderen Häusern war. Nirgends brannte Licht, nicht ein Nachbar, der sich berechtigterweise über die Ruhestörung beschwert hätte. Ich schob den Vorhang einen Spalt weit beiseite und konnte oberhalb der Hecke Patricks Kopf erkennen. Er scherzte mit Arnaud Lecoq, während sich Cécile ein Stück weiter weg mit Malika Benani unterhielt. Einige Paare tanzten auf dem Rasen, nahe einer rauschenden Lautsprecherbox. Plastikbecher steckten in der Buchsbaumhecke. Auf unserem Rasen konnte ich Käserinden und Zigarettenkippen ausmachen.

Ins Schlafzimmer verkrochen, versuchten wir, den Lärm zu ignorieren. Aber je mehr wir uns bemühten, an etwas anderes zu denken, desto tiefer drang er in unsere Gehörgänge, vorbei an den Ohrstöpseln bis zum Trommelfell, mitten hinein ins Hirn. Um vier

Uhr morgens konnten wir nicht mehr. Ich zog meinen Bademantel über und ging hinunter. Die Party hatte sich über die gesamte Allee ausgebreitet. Sie trampelten auf dem Rasen vor sämtlichen Häusern herum, der Lecoqs, unserem, aber auch der Benanis, die das nicht zu stören schien. Youssef machte Annabelle Komplimente über ihr Dekolleté, während Malika mit Franck Lemoine zu einer abscheulichen Musik herumtanzte, und andere in der Dunkelheit verschwanden, um sich zwischen den Autos zu befummeln oder auf die Briefkästen zu kotzen.

Ich rief nach Annabelle. Sie drehte sich um, etwas weniger betrunken als die anderen, aber genauso spöttisch wie sonst auch. Ich sagte ihr, es sei sehr spät, wir könnten nicht mehr, ob sie die Freundlichkeit besitzen würden, die Party im Innern des Hauses fortzusetzen. Sie lächelte mich an, die Fäuste in die Hüften gestemmt, und antwortete:

»Sieh einer an, Madame von nebenan, die alle meine Einladungen ignoriert. Aber alle anderen amüsieren sich, Madame von nebenan. Wir wissen, das ist nicht gerade eure Stärke. Übrigens genügt es, das Gesicht Ihres Mannes zu sehen, um zu wissen, dass er sich wirklich nicht häufig amüsiert.«

Hinter ihr unterbrachen Franck und Malika jetzt ihr Tänzchen. Sie warfen mir ein schuldbewusstes Lächeln zu, und Youssef sagte:

»Nun, es ist wirklich spät, wir sollten nach Hause gehen.«

Woraufhin er sich eine Flasche schnappte und seine Frau in Richtung seines Hauses zog. Inzwischen waren diejenigen, die weiter weg gestanden hatten, näher gekommen, um Annabelle den Rücken zu stärken. Sie murmelten Dinge wie:

»Na los, Madame, haben Sie ein bisschen Verständnis, wenn die Leute in ihrem eigenen Heim nicht mehr tun können, was sie wollen, dann ist das Faschismus, Tyrannei. Also los, seien Sie gnädig mit uns.«

Annabelle lächelte nur, umringt von ihren Freunden. Ich trat den Rückzug an. Ich hatte nicht einmal die Kraft zu weinen. Zurück im Schlafzimmer sagte ich:

»Es tut mir leid, ich kann nichts tun.«

Du hast dich an mich gedrückt. Ein Lichtstrahl drang durch die Vorhänge. An der Mauer zeichnete sich die Balkonbrüstung als Schattenbild ab. Wir mussten nur abwarten, bis es Tag wurde und die Vögel anfingen zu singen. Am Morgen würde sich alles beruhigen. Es wäre zwar nicht perfekt, aber zumindest annehmbar. Ich spürte, wie sich mein Herzschlag verlangsamte, auch deiner an meinem Rücken wurde ruhiger. Und vielleicht wäre alles ganz anders gekommen, wenn nicht in diesem Moment der rote Kater mit hoch erhobenem Schwanz auf dem Geländer erschienen wäre.

10

Ich habe dir sofort gesagt, dass es falsch wäre, den Kater zu töten. Ganz allgemein deshalb, weil wir nicht zu der Sorte Mensch gehören, die Tieren etwas antut. Und auch in diesem speziellen Fall, weil wir noch weniger zu denen gehören, die das Fell dann an die Nachbarstür nageln, um ihre Unzufriedenheit zu bekunden.

Es war schon April, sechs Monate nachdem wir umgezogen waren. Ich topfte die Ringelblumen vor dem Küchenfenster um, und du bist mit nach draußen gekommen, um frische Luft zu schnappen. Du hattest dir in allen Einzelheiten überlegt, wie du den dicken Rotpelz töten würdest. An die Tür gelehnt, legtest du mir ein Detail nach dem anderen dar, während ich die Erde umgrub, ohne etwas zu sagen. Bestimmt wolltest du mich nur provozieren.

Alle Fenster in der Nachbarschaft standen offen. Ja, es waren einfach nur Worte, um Zweifel zu säen, das Feuer zu schüren.

Du hast mir also erklärt, wie wir ihm das Gift verabreichen würden. Wir würden abwarten, bis er tot wäre und ihn dann an einem gut sichtbaren Platz ablegen, sodass in keiner Weise der Verdacht auf uns fiele, aber auch keinerlei Zweifel über die Gründe für sein Ableben aufkämen. Niemand würde auf die Idee kommen, dass es ein Unfall war, vielmehr würde man sofort verstehen, dass es sich um eine Warnung handelte.

Ich musste lachen.

Du bliebst unbewegt.

Ich fragte dich, ob du das ernst meintest, überzeugt davon, dass es ein Scherz war. Ich dachte noch, das neue Medikament von Serrier wirkte ein bisschen zu gut, oder du hättest dich möglicherweise in der Dosierung geirrt. Wie selbstverständlich bist du auf die andere Seite gewechselt und hast mich zurückgelassen, in jener Welt, in der sich die Leute korrekt verhalten, nach unausgesprochenen, aber strengen Regeln, und wo man weder das Leben von Menschen noch von Tieren antasten darf. Wären wir in Paris geblieben, wäre dir ein solcher Gedanke nie in den Sinn gekommen. Diese Ideen kamen dir wie durch eine Seuche, etwas Schlechtes, das in der Luft lag oder im Gras verborgen war, eine geruchlose Substanz, die deinen Kopf vernebelte.

Beim Abendessen hast du mehrere giftige Substanzen vorgeschlagen, die im Internet oder in den großen Baumärkten erhältlich waren, und mir die möglichen Folgen für einen etwa fünf Kilo schweren Körper beschrieben. In aller Seelenruhe maltest du dir die Szene aus, und deine Darstellung war wirklich heftig. Derart, dass ich mich später, als wir schlafen gingen, fragte, ob ich überhaupt in der Lage wäre, deinen Plan umzusetzen.

In der Folge haben wir oft über die Idee nachgegrübelt. Es kam einfach über uns, wenn die Lecoqs wieder einmal eine Grenze überschritten. So feilten wir an den Details, als würden wir Nadeln in eine kleine Puppe stechen, in der vagen Hoffnung, sie möge leiden, vor allem aber voller Lust an unserer beispiellosen Grausamkeit. Das tat uns gut.

11

Es war sehr warm in jenem Frühling. Ich kaufte Gartenmöbel, und wir setzten uns nach draußen, um die Sonne zu genießen. Tagsüber war es ruhig, außer mittwochs, wenn Annabelle nicht arbeitete. Sie klebte von morgens bis abends an ihrem Handy und unterrichtete ihre Gesprächspartner über jeden Zwischenfall in der Immobilienfirma, die sie zusammen mit ihrem Mann führte. Ich konnte mir sehr gut vorstellen, wie sie in ihrem Job agierte.

»Als Geschäftsfrau«, korrigiertest du mich mit sarkastischem Unterton, der darauf hindeutete, dass du wieder obenauf warst.

Das war ein gutes Zeichen. Bald wärst du bereit, die Hecke zu schneiden. Ich konnte es kaum erwarten, dass sie dichter wurde. Am frühen Abend zogen wir uns wieder nach drinnen zurück, denn von da an besetzten die Lecoqs das Terrain. Hinter der Hecke warfen sie den Grill an und palaverten endlos über die Verbürgerlichung der Gegend. Jede Woche ersetzte ein weiterer Bioladen einen Kebab oder eine Metzgerei. Alles nur aus Profitgier.

Die Lecoqs hatten sich offensichtlich mit den Durand-Dubreuils angefreundet. Sie luden sich gegenseitig zum Aperitif ein, es war spürbar, dass sie sich bald verbünden würden. Ines ging auf die vierzig zu und schaffte es, Großfamilie und ein modernes dynamisches Leben unter einen Hut zu bekommen. Von morgens bis abends versuchte sie mit allen Mitteln, Geburtstagsfeiern, Lichtmess oder sonstige Feiertage neu zu erfinden, nur um ihr Organisationstalent unter

Beweis stellen zu können. Wenn sie selbst eingeladen wurde, brachte sie jedes Mal irgendwelchen Plunder »aus einem genialen Laden im Marais« mit. Und wenn sich abzeichnete, dass es später werden würde, engagierte sie die Benani-Tochter als Babysitter, vergaß aber nicht, ihr auch noch das Bügeln der Wäsche aufzutragen, damit sie nicht fürs Nichtstun bezahlt würde, sobald die Kinder im Bett waren.

Ines brauchte keine Karriere, um ihre Herrschaft durchzusetzen. Sie ging vollständig darin auf, die wahren Werte zu pflegen: das Familienleben, die Inneneinrichtung und die Zuneigung eines permanent abwesenden, weil permanent in Sitzungen steckenden Ehemanns. Nie um eine Meinung verlegen, informierte sie gern ihre Zuhörer darüber, dass sie Jean-Luc Mélenchon wählen würde. Sie behandelte die kleine Benani nicht etwa deshalb wie ihre Bedienstete und die gesamte Nachbarschaft mehr oder weniger wie Fronarbeiter, weil sie aus einem guten Elternhaus kam und deshalb keinen Sinn für Gerechtigkeit hatte. Ganz im Gegenteil: Ines war viel herumgekommen in der Welt, bevor sie Mutter wurde, und sie konnte gar nicht genug auf das Großkapital schimpfen. Ja, die Giganten der Finanzwelt seien fein raus, während die Führungskräfte, die den Firmen die eigentlichen Profite einbrachten, auf derart hohen Steuern sitzen blieben, dass sie sich im Sommer mit drei Wochen Bretagne begnügen mussten. Und ihr melancholischer Blick schweifte in den blauen Himmel, als ob dort die Arnaults, die Dassaults und Bollorés mit dem Geld, das eigentlich ihr zustand, in die Tropen flogen.

Als Abteilungsleiter für Nachhaltigkeit in einem großen petrochemischen Konzern gehörte Alban Durand-Dubreuil zu jenen Systemscheiterern, die ihren Urlaub nicht immer dann bekommen, wann sie ihn haben möchten. Alban war noch nicht alt, aber man konnte erkennen, wie sich das Alter vorzeitig in seine sorgenvolle Stirn grub. Eine große Müdigkeit zeichnete sich darauf ab. Er schien nicht mehr an irgendetwas zu glauben, auch wenn er noch die Kraft aufbrachte, nicht zu reagieren, wenn seine Frau wieder eine ihrer Revoluzzerreden hielt.

Diese beglückwünschte sich selbst zu ihrem verständnisvollen Mann. Wenn sie aber unter sich waren, konnte es sich Ines nicht verkneifen, sich zu beklagen, wie ich dank unserer hellhörigen Wohnungen mitbekam. Cécile hatte mich nach dem Essen auf ein Glas in ihrem Garten eingeladen. Wir plauderten in aller Ruhe, als sie plötzlich hineinmusste, weil Tom zurückgekommen war, der beim Basketball einen ordentlichen Schlag abbekommen hatte. Der Buchsbaum von Cécile war erbärmlich, ganz löchrig von den Bällen, und so konnte ich durch die Lücken in der Hecke erspähen, wie Ines und Alban bei Kerzenlicht zu Abend aßen.

Ich staunte, dass sich die beiden trotz des großen Haushalts einen Abend zu zweit gönnten. Dann allerdings machte mich Albans Haltung stutzig. Verzweifelt starrte er auf seinen Teller, als wäre das Brathähnchen schlimmer als ein Krebsleiden. Denn Ines hatte nicht nur allen Grund, stolz auf ihre Nachkommenschaft, ihre Inneneinrichtung und überhaupt ihre ganze Person zu sein, sie wollte auch als Frau wertgeschätzt werden: in der gesamten Komplexität ihrer entfalteten Weiblichkeit, denn die Männer schauen mich an, musst du wissen, Alban. Sie sehen mich an, wie du mich schon lange nicht mehr angesehen hast, und wenn du mich nicht ansiehst, sterbe ich, ich muss wissen, dass du mich liebst, Alban, sonst bringe ich mich um.

Ich dachte, Alban hat wirklich keine Eier. Sie präsentierte ihm die Lösung auf einem Tablett, und anstatt sie anzunehmen, das heißt, sie einfach überhaupt nicht mehr anzusehen, um sie ein für alle Mal los zu sein, ließ er sein Kinn Stück für Stück tiefer auf seinen soßengetränkten Teller sinken und würde lieber ein Leben lang buckeln, als sich aufzulehnen.

Cécile kam wieder in den Garten. Tom ging es ganz gut, es würde reichen, wenn er seine Schläfe mit einem Eisbeutel kühlte, damit es nicht zu sehr anschwoll. Ich schlug vor, ins Wohnzimmer zu gehen. Cécile war genervt, weil Patrick sich dort das Match ansah. Aber er würde die Kopfhörer aufsetzen, wir könnten dann einfach so tun, als wäre er nicht da. Wir setzten uns aufs Sofa, während Patrick auf den Sessel auswich, in dem er versank wie eine Pflanze im Blumentopf.

Cécile war Klatsch und Tratsch nicht abgeneigt. Um sie weiter anzustacheln, sagte ich, dass ich Ines »witzig« fand. Cécile runzelte die Stirn. Ja, Ines sei so witzig, dass sie ihre Kinder zu den Taupins zum Spielen schickte, um in Ruhe ihre Lampenschirme zu bemalen. Ich vergaß ganz, mich über ihre schlechten Manieren aufzuregen, und wunderte mich darüber, dass mir ein so origineller Zeitvertreib noch nie zu Ohren gekommen war.

»Mit sehr besonderen Sonnenuntergängen«, beeilte sich Cécile hinzuzufügen, damit ich ja nicht glaubte, dass sie alles kritisieren würde, was mit Ines zu tun hatte.

Dann wollte sie wissen, wie es mit Annabelle stünde. Ich hatte ihr nichts von den Schwierigkeiten erzählt, die wir mit den Lecoqs hatten, aber Cécile hatte feine Antennen.

»Alles gut«, meinte ich etwas spitz.

»Ah, na zum Glück«, seufzte Cécile sichtlich erleichtert. »Es hat uns allen leidgetan wegen der Einweihungsparty, musst du wissen. Es ist verrückt, dass ihr keine Einladung bekommen habt. Annabelle war ein bisschen gekränkt, weil ihr nicht gekommen seid, aber das ist vergessen. Und Arnaud ist nett.«

Ich hätte niemals gedacht, dass man Lecoq als nett bezeichnen könnte. Wenn man seinen Immobilienverhandlungen zuhörte, mit denen er sich die ganze Zeit hinter der Hecke brüstete, hatte man eher seine gierigen und berechnenden Charakterzüge vor Augen. Aber ich gebe zu, dass er immer freundlich war, wenn wir ihm über den Weg liefen. Er sagte auch immer wieder, dass wir nicht zögern sollten, ihn um Hilfe zu bitten, wenn wir etwas bräuchten, da er es handwerklich »voll drauf habe«.

»Das stimmt«, gab ich zu, »was Arnaud angeht, kann man sich nicht beklagen.«

»Ich hatte den Eindruck, er schwärmt für dich«, meinte Cécile auf einmal. Und da ich nichts sagte, erzählte sie mir, dass sie vor ein paar Tagen beim Aperitif bei Romuald und Romaric gehört habe, wie sich Lecoq Youssef Benani anvertraute. Cécile zufolge war Arnaud der Ansicht, ich sei eine »sehr schöne Frau« und ich habe »noch immer Klasse«, trotz der Jahre, die ich älter sei als er, und dann habe er sich noch über das aggressive Verhalten seiner Frau mir gegenüber beklagt. Wir tranken unser Glas aus und redeten über etwas anderes. Die ganze Straße war in Sorge wegen der anstehenden Arbeiten für die Gasleitung. In ein paar Tagen würden hier die Schlagbohrmaschinen zum Einsatz kommen, und niemand konnte absehen, wie lange das alles dauern würde.

Als ich nach Hause kam, warst du schon im Bett und gabst vor zu schlafen. Ich gab vor, es zu glauben.

Mir war völlig klar, warum du sauer auf mich warst. Nicht, weil ich ein Glas mit Cécile getrunken hatte, sondern weil ich für deinen Geschmack ein bisschen zu oft etwas mit ihr trank. Deine Art, mir deinen Protest zu zeigen, war ein überaus deutliches Schweigen, wobei du mir mit kleinen, ungestümen Bewegungen am Bettrand klarmachtest, dass es nicht dabei bleiben würde. Ich zögerte, weil ich keine Szene riskieren wollte. Das war eine zweischneidige Sache, wussten wir doch nie, bis wohin es gehen würde, ob die Auseinandersetzung an der Oberfläche bleiben oder aber einen viel tiefer sitzenden Groll zutage fördern würde. Ich wog das Für und Wider ab und entschloss mich am Ende, das Sofa im Wohnzimmer auszuziehen.

12

Am Tag darauf schmolltest du nicht mehr, und das war verdächtig. Ich hatte viel Arbeit. Direkt nach dem Frühstück ging ich nach oben in mein Büro. Bogaert kam seit Wochen nicht mehr zu den Sitzungen, und wenn ich ihm vorschlug, nach Rotterdam zu kommen, wich er aus. Ich saß vor dem Bildschirm und zögerte, noch einmal nachzuhaken, als ich abgelenkt wurde, weil sich im Garten etwas bewegte.

Du warst da, ich konnte dich sehen, wie du über die Hecke hinweg mit Annabelle sprachst. Ich öffnete das Fenster, um euer Gespräch zu belauschen. Sie gluckste wie üblich, aber es klang ganz anders, als wenn sie mit mir sprach. Ich traute meinen Ohren kaum. Sie flirtete mit dir, und du ließest sie gewähren. Sie plapperte davon, dass sie sich ihren Garten pflastern lassen wollten – eine harte Fläche sei schließlich besser geeignet für ihre Grillabende, außerdem hätten sie sowieso keinen grünen Daumen, und irgendwelche Anpflanzungen seien ihnen völlig egal. Und du, der sonst sofort zum Medizinschrank rannte, wenn von den anstehenden Arbeiten in der Straße die Rede war, nahmst den Schock hin – eine Terrasse, ach ja, was für eine gute Idee, darüber werden wir auch mal nachdenken.

Ich schlug das Fenster zu. Auf einmal hatte ich es satt, hier zu sein, in diesem grünen Vorort, in dem man erstickte. Ich musste die Stadt sehen, mit ihren himmelhohen Wolkenkratzern und den massiv gebauten Häusern mit den undurchlässigen Fenstern. Ich verließ das Haus, ohne dir Bescheid zu sagen, und ging zur Bahn.

Das Stadtzentrum verwandelte sich in einem schwindelerregenden Tempo. Angelockt durch die Verlängerung der Metrostrecke, investierte ein neuer Teil der Bevölkerung in die Stadt. Und diese neue Mittelschicht, die von einem spektakulären Sprung ihrer Kaufkraft, der durch die simple Erschließung der Peripherie zustande gekommen war, profitierte, forderte genau auf sie zugeschnittene Geschäftsmodelle – kreative Boutiquen, Fair-Trade- und Bio-Läden. Und nach und nach verdrängten sie die letzten Überbleibsel der vorigen Bewohner.

Die mit ähnlichen Accessoires ganz ähnlich zurechtgemachten jungen Frauen schritten souverän die Straßen entlang. Wie das Unkraut unter unseren Fenstern gewannen sie immer mehr an Boden, während ich mich immer kleiner machte, ich, die immer Hosenanzüge getragen hatte, kombiniert mit unterschiedlichen Blusen, eng oder weiter geschnitten, gepunktet oder kariert, aber immer tadellos und diskret, da ich keinerlei Grund sah, mich als Gauklerin zu präsentieren, um zu zeigen, dass ich mich ja in einem kreativen Milieu bewegte. Ich war sogar der Überzeugung, dass ich die Pflicht hatte, in erster Linie meine Verlässlichkeit und Seriosität herauszustellen.

Als ich zur Bahn hinunterstieg, war ich extrem angespannt. Das Warnsignal ertönte über den Gleisen. Ich drängte mich durch das Drehkreuz und sprang in den Zug, als sich gerade die Türen schlossen. Ich setzte mich auf einen Notsitz und ließ mich vom Rollen der Räder einwiegen, dabei sagte ich mir immer wieder, dass wir schon die eine oder andere Prüfung bestanden hätten, in diesen dreißig gemeinsamen Jahren, und dass wir stets mit erhobenem Kopf herausgefunden hatten. Zwei oder drei Stationen lang fuhr ich mit geschlossenen Augen. Als ich sie wieder öffnete, lächelte Arnaud Lecoq mich vom Sitz gegenüber an.

Er ließ gar nicht erst zu, dass ich mein Erstaunen äußerte, sondern setzte sich sofort neben mich, faltete die Hände unter dem Kinn und wandte sich mit versöhnlicher Miene an mich.

»Wir hatten keinen guten Start, was, Eva? Sie sind mir böse.«

Dann fuhr er fort:

»Meine Frau, das gebe ich zu, ist nicht immer einfach.«

Meine Gedanken flogen kreuz und quer. Ich hatte überhaupt keine Lust, Details aus seiner Ehe zu erfahren. Zwar war ich erleichtert, dass es bei ihnen auch nicht einfacher war als bei uns. Dennoch hatte ich nicht vergessen, wie oft die Lecoqs in unseren Lebensraum eingedrungen waren und unsere Privatsphäre verletzt hatten. Ich war auf einmal sehr müde. Der Waffenstillstand schien mir hinterhältig. Der Zug hielt an. Ohne etwas zu sagen, sprang ich aus dem Zug und blieb mit leerem Blick auf dem Bahnsteig einer Station stehen, deren Namen ich nicht einmal versucht hatte zu lesen. Arnaud entfernte sich schon im Tunnel und grinste mich mit Wolfsaugen an.

13

Als ich am nächsten Tag in die Küche hinunterkam, versperrte ein Kipplaster die Einfahrt. Arbeiter luden Material ab. Eine Viertelstunde später fingen sie an zu bohren. Es war ein Krach ohnegleichen, so als explodierte etwas im Schädelinneren. Das auf Dauer auszuhalten war nicht menschenmöglich. Und diese behelmten Männer, die mit den Presslufthämmern den Asphalt aufbrachen, verrichteten ihre Arbeit mit einer stummen Tristesse. Vielleicht überlegten sie, geschüttelt im Rhythmus der Maschinen, dass sie sich hatten drankriegen lassen, als sie das Mittelmeer überquert hatten. Vielleicht fanden sie aber auch, dass sie hier besser dran waren. Oder aber sie dachten gar nichts und waren nichts anderes als die simple Verlängerung ihrer Bohrmaschine.

Ich schlug dir vor, mich zum Café im Stadtzentrum, dem Voltigeur, zu begleiten. Dort gab es WLAN. So käme ich mit meiner Arbeit voran, und du könntest eine Zeitung lesen oder mit wem auch immer Kontakt aufnehmen. Aber du wolltest nicht. Du zogst es vor, deine Dosis zu erhöhen und dich mit Ohrstöpseln ins Bett zu legen. Drei Tage lang hast du dieses Programm durchgezogen. Nachmittags hörten die Arbeiten auf. Wenn ich nach Hause kam, lagst du vergraben im Bett und warst kaum in der Lage aufzustehen, um eine kalte Dusche zu nehmen. Am Ende der Woche klaffte ein Graben im Asphalt, der zu beiden Seiten mit Absperrungen umstellt und auf der Höhe der Häuser der Lecoqs und der Durand-Dubreuils mit einer Zinkplatte überdacht war. Jeden Abend stieg ich über den Graben und ging zu den Taupins hinüber, in deren Küche wir ein Bier tranken und das Chaos begutachteten. Wir fragten uns, wie lange das noch dauern würde.

Die Arbeiten stagnierten, sobald es anfing zu regnen. Kaum hatten sie bei aufgeklartem Wetter ein Haus angeschlossen, verschwanden die Bauarbeiter wieder tagelang. Wir beide redeten kaum miteinander. Du schienst mir die Unannehmlichkeiten vorzuwerfen, als wäre ich die Ursache all unserer Leiden, und nicht etwa ein objektiv bestehendes Desaster.

Ich hatte mir angewöhnt, im Voltigeur zu arbeiten, um nicht zu Hause sein zu müssen. Das Café hatte natürlich auch Nachteile. Da ich am Fenster saß, war ich die Beute sämtlicher Nachbarn, die zum RER mussten. Sie konnten nicht anders, und ich konnte ihnen nicht böse sein, dass sie einer nach dem anderen an die Scheibe klopften, um Hallo zu sagen. Manchmal kamen sie auch herein und fragten, ob der Kaffee hier gut sei, dann beschlossen sie, einen mit mir zu trinken und sich für fünf Minuten dazuzusetzen, bevor sie zur Arbeit mussten: Ich verspreche, dass ich dich nicht länger als eine Viertelstunde störe, aber was für ein Glück du hast, dass du arbeiten kannst, wo und wann immer du willst, du hast wenigstens was davon.

Bald schon wurde ich mit Vertraulichkeiten überschüttet. Die Inquisitoren irren, wenn sie ihre Opfer mit Fragen löchern. Es genügt meist schon zu schweigen, um den anderen glauben zu machen, dass man sich für ihn interessiert. Wenn man besonnen wirkt, hat das paradoxerweise zur Folge, dass sich der andere sicher fühlt, es werden einem Kompetenz und Objektivität zugeschrieben, auch wenn man sich wirklich überhaupt nicht für Geschichten über Komposthaufen oder Flohmärkte interessiert.

Die Flohmärkte verabscheute ich ganz besonders. Schon immer habe ich mich ferngehalten von diesen Anhäufungen nutzloser Gegenstände, deren Besitzer das Terrain mit einer schamlosen Heiterkeit in Beschlag nehmen, so als ob es kein größeres Glück auf Erden gäbe, als sich den ganzen Sonntag lang daran zu berauschen, den eigenen Müll feilzubieten. Ich begriff allerdings schnell, dass auch unter dem Himmel der Flohmärkte nicht alles zum Besten stand.

An Pfingsten sei die Stimmung gedrückt gewesen, vertraute mir Cécile an einem regnerischen Mittwoch im Juni an. An jenem Wochenende hatten sich sämtliche Nachbarn vor dem Supermarkt eingefunden, zwischen defektem Spielzeug, Ramschkisten und altmodischem Geschirr. Ines und Annabelle hatten einen etwas anderen Stand. Mir kam dieses Gespann höchst suspekt vor, aber es hatte den Anschein, als ob sich die beiden in ihrer Leidenschaft für »kreative Haushalte« verbündet hätten. Und während die eine mit Sonnenuntergängen verzierte Lampenschirme anbot, verkaufte die andere Cupcakes – extrem butterlastige, mit Zuckerkugeln dekorierte kleine Kuchen, wie mir Cécile erklärte. Trotz allem fanden sich im Laufe des Tages immer mehr Interessenten ein, insbesondere Männer.

Am späten Nachmittag versuchten Cécile, Malika und all die anderen Ehefrauen der Siedlung, die heranstürmenden Kinderhorden und die Bierdosen, die sich auf den Tischen häuften, in den Griff zu bekommen. Die Herren scharten sich mit weiteren Dosen um Sonnenuntergänge und Cupcakes und lachten sehr laut über Annabelles Witze. Meiner Erfahrung nach beschränkten sich ihre Bemerkungen auf eine Handvoll dummer Sprüche und glucksender Geräusche. Nur wer betrunken war oder ein bestimmtes

Ziel verfolgte, konnte daran Vergnügen finden. Und dieses Ziel schien klar auf der Hand zu liegen. Ich kannte Annabelles Mikroshorts. Sie besaß eine ganze Kollektion und jeweils die passenden Highheels dazu. Ich hatte genau beobachtet, wie sie den Einfaltspinsel in der Agentur umgarnte. Ich hatte auch bemerkt, in welchem Ausmaß solche Shorts ihren Trägerinnen Temperament verliehen und wie engagiert die Zuhörer dies beklatschten. Ich konnte mir lebhaft vorstellen, wie ihr, Patrick, Youssef und auch du – immerhin wagtest du dich am Sonntag ein paar Schritte vor die Tür – auf Plastikstühlen herumsaßt und euch vor Lachen kaum halten konntet, wenn Annabelle ihre urkomischen Geschichten zum Besten gab, während Cécile und Malika vergebens versuchten dazwischenzugehen, indem sie euch ein Stück Quiche oder eine Portion Taboulé anboten.

Wir hatten derartig gesellige Gesellschaften bislang eigentlich immer gemieden. Doch wie berauscht vom Dunst der Grillspieße verwandelten wir uns langsam, aber sicher in Ektoplasmen. Noch ein paar Jahre, und du würdest zu dem fettbäuchigen Ehemann werden, der, mit löchrigem T-Shirt und eingezwängt in seinen Klappstuhl, sein dreckiges Lachen von sich gibt, während ich mich in einen Drachen verwandelt hätte, der ohne Unterlass über die höchst vorhersehbaren Reflexe der Männer als solche schimpft.

Doch Cécile war noch nicht fertig mit ihrem Bericht. Ja, du seiest auch dazugekommen, als ich einmal wieder vorm Computer saß, und du habest genauso gelacht wie die anderen. Aber nicht so sehr wie Patrick. Unser Nachbar habe schon immer eine Schwäche für Mikroshorts gehabt, erklärte mir Cécile müde. Und das sei auch nie ein Problem gewesen, fügte sie seufzend hinzu. Nach zwanzig Jahren, ich bitte dich, da ist Sex nicht mehr als eine lästige Pflicht.

Im Café Voltigeur sah ich sie entsetzt an. Nein, ich wollte nichts wissen über ihr Intimleben mit Patrick, nichts vom Pfingst-Flohmarkt oder von Annabelles Cupcakes. Ich wollte einfach nur in Ruhe gelassen werden, ich wünschte, dass mich ein Wunder von all dieser Komplizenschaft befreien möge, und vor allem, dass mich im Umkreis von fünf Kilometern niemand mehr duzte. Doch Cécile warf mir einen vielsagenden Blick zu, so als ob sie mir insgeheim vorwerfen würde, ich überließe meine Nachbarin in aller Öffentlichkeit ihren Exzessen, während es doch meine Pflicht sei, ihr Halt zu geben, so wie sie es selbst bei Ines tat, die ein Höchstmaß an Promiskuität für sich beanspruchte, sodass kaum etwas für die anderen übrig blieb.

Auf einmal hatte ich die Nase voll von Cécile, von ihren Quiches und bekleckerten Blusen. Ich sagte zu ihr:

»Entschuldige, ich habe viel Arbeit, lass uns später darüber reden.«

Sie war wie versteinert. Ich wollte mich entschuldigen. Aber da war sie schon aufgestanden und sagte steif:

»Nein, mir tut es leid. Ich hatte das Bedürfnis, mit jemandem darüber zu reden, du hattest einfach das Pech, da zu sein.«

Da verstand ich, dass es weder ihr noch mein Fehler war. Es war einfach nicht genug Platz hier, damit jeder so leben konnte, wie er wollte. Cécile trat in den Regen hinaus. Ich versuchte, mich wieder auf meine Arbeit zu konzentrieren, aber das Bild von Annabelles Mikroshorts ging mir nicht mehr aus dem Sinn. Plötzlich kam mir die Idee, ein kleines Spiel zu spielen. Jedes Mal, wenn sich mir ihr Bild aufdrängte, würde ich es durch das von Bogaert ersetzen. Die Technik war nicht hundertprozentig wirksam, aber sie funktionierte. Ich hatte ihn seit Wochen nicht gesehen, und nach wie vor wich er meinen Vorschlägen, ihn in den Niederlanden zu besuchen, aus. Ermüdet vom Warten auf eine Reaktion, schrieb ich ihm erneut und wartete weiter, während ich das Kommen und Gehen vor dem Bahnhof betrachtete.

Am Nachmittag gab es einen Wolkenbruch, und Bogaert hatte Nein gesagt. Er formulierte es sehr höflich in einer E-Mail, aber seine Antwort war eindeutig: Nein, er wolle nicht, dass ich nach Rotterdam käme. Ich schob den Computer von mir weg, nahm meinen Kopf in beide Hände und zog so sehr an meinen Haaren, dass es wehtat. Es war meine Schuld, ganz klar. Bei wichtigen Dingen war ich immer äußerst diplomatisch vorgegangen, aber diesmal hatte ich meine Mittel verspielt.

Wieder klopfte es an die Fensterscheibe. Ich hob den Blick und sah Arnaud Lecoq, der breit grinsend unter seinem Regenschirm stand. Er war trotz des Regens stehen geblieben und zwinkerte mir komplizenhaft zu. Ich fragte mich, auf welches obskure Einvernehmen er sich beziehen könnte, aber ich protestierte nicht, als er seinerseits hereinkam.

Arnaud verkündete, dass er sehr froh sei, mich zu sehen. Er setzte sich zu mir an den Tisch und bestellte sehr entschieden zwei Gläser Wein. Er wirkte wie jemand, der nicht den leisesten Selbstzweifel hatte. Er lenkte das Gespräch von einem Thema zum nächsten und machte einen Bogen, wenn er merkte, dass ich nicht anbiss. Mir wurde bewusst, dass er sehr gut darin sein musste, Häuser zu verkaufen. Er nahm die Dinge so, wie sie kamen, und er war dabei absolut sicher, ein Recht zu haben, sie zu besitzen.

Verwirrt wie ich war, ließ ich ihn gewähren, denn in diesem Moment schien er der Einzige zu sein, der in mir nicht die Ursache oder das Sammelbecken allen Übels sah, sondern diejenige, die er unter allen anderen gesucht hatte.

14

Ich wollte nie mit ihm ins Bett gehen. Zu keinem Zeitpunkt dachte ich, dass ich ihn attraktiv, verführerisch oder begehrenswert fand. Im Gegenteil, ich hatte mich immer über seine farblose Erscheinung lustig gemacht, wo nicht die kleinste Unebenheit zu finden war, an der sich das Begehren hätte festkrallen können. Nein, ich zog es bei Weitem vor, mit dir zu schlafen, denn obwohl du fünfzehn Jahre älter warst, hattest du einen wohldefinierten Körper und noch dazu beachtliches Fingerspitzengefühl. Aber ich war am Ende meiner Kräfte. Und in einem Anfall von Schwäche kam es mir auf einmal einfacher vor, ökonomischer und vielleicht sogar auf gefährliche Weise angenehmer, mich dem Feind zu überlassen.

So geschah es, dass ich an einem regnerischen Juninachmittag, als du deinen Termin mit Serrier hattest – ich wusste dich also für ein paar Stunden in Paris –, während Annabelle ausnahmsweise, denn es war ein Mittwoch, mit ihrem Sohn unterwegs war, und Arnaud mich ausnahmsweise im Voltigeur angesprochen und mir angeboten hatte, mich unter seinem Regenschirm nach Hause zu begleiten, weil es in Strömen regnete, so geschah es, dass ich an einem verregneten Juninachmittag mit ihm ins Bett ging.

Du hast es nicht erfahren, mir nichts vorgeworfen. Obwohl ich mich nicht einmal bemühte, meine Spuren zu verwischen. Ich habe mir weder ein Alibi zurechtgelegt, noch dir gegenüber zu verbergen versucht, dass ich ihn alles in allem doch nicht mehr so fad fand. Oder aber du wusstest es von Anfang an, so wie du immer alles weißt, was mich betrifft und was dich bedrohen könnte, die Männer, denen ich auf Reisen begegne, die Gelegenheiten, die mich ins Schleudern brachten, und die Abende, an denen ich Pech hatte, an denen ich mich damit begnügen musste, in aller Unschuld mit Fremden, die kein Zerstörungspotenzial besaßen, essen zu gehen. Aber du wusstest es, wie du es immer wissen willst. Das heißt, du hast die Fakten bis an den Rand deines Bewusstseins geschoben. Nichts von dem, was dein Instinkt verjagen konnte, hat jemals die Schwelle des gesprochenen Wortes überschritten. Du hast es in eine Ecke deines Gehirns gedrängt, um es später wieder hervorzuholen. Oder auch nicht.

Als du von deinem Termin zurückkamst, war ich im Bademantel, mit tropfnassem Haar. Da ich nichts sagte, machtest du eine Kehrtwendung und gingst in die Küche. Du hattest Kalbfleisch für ein Frikassee gekauft. Es war zwar nicht mehr die Saison, aber wenn das Frikassee richtig gut ist, zergeht das zarte Fleisch auf der Zunge. Durch das Küchenfenster sah ich, wie sich die Ringelblumen im Regen entfalteten, der Widerstand der Blütenblätter wurde durch das Gewicht der Tropfen nur noch verzehnfacht. Ich hätte in diesem strahlenden Orange versinken wollen. Immer wieder brach es hervor, trotz aller Misshandlungen, egal, wie oft sie schon verblüht waren. Stattdessen suchten mich in wogenden Wellen die Bilder des Nachmittags heim, Visionen eines Körpers, den ich niemals hätte nackt sehen dürfen, aufeinanderprallende Erinnerungen an verbotene Umarmungen und gewaltsame Lust, die sie hervorgerufen hatten, ohne dass es jemals zwischen ihm und mir auch nur die kleinste Zärtlichkeit gegeben hätte, die geringste Anteilnahme, ja nicht einmal die leiseste Anwandlung, den anderen glauben zu lassen, dass dies irgendetwas bedeuten könnte. Und dennoch konnte ich sehen, wie er einige Sekunden, nachdem er gekommen war, in dieser kurzen Zeitspanne also, in der es trotz aller Bemühungen unmöglich ist zu lügen, in diesem Moment also konnte ich in seinen Augen sehen, dass er glücklich war. Ja, es war sogar etwas Triumphales in seinem Blick, und das nicht, weil er mit mir geschlafen hatte, nicht einmal, weil er mich so leicht zum Höhepunkt gebracht hatte, sondern vielmehr, weil er sie betrogen und hinter ihrem Rücken so dermaßen gut und ordentlich gevögelt hatte.

15

Am Mittwochnachmittag tauchte er vor dem Café Voltigeur auf. Wir starrten einander einen Moment lang an, dann gingen wir im gemeinsamen Einverständnis zu ihm. Vielleicht haben uns die Nachbarn gesehen, vielleicht auch nicht. Wir machten keinerlei Anstalten, uns zu verstecken. Aber wie hätten sie sich auch vorstellen können, was ich auf der anderen Seite der Hecke zu suchen hatte, wo ich mich doch im Gegensatz zu den Lecoqs immer zurückgehalten hatte mit meiner Meinung?

Arnaud führte mich in das kleine Zimmer neben dem Wohnbereich, den Raum, der bei uns dein Büro ist und der bei ihnen als Fernsehzimmer genutzt wird. Vor dem Bildschirm stand ein großes schwarzes Ledersofa. Wir sagten kein Wort. Es gab weder ein Vorspiel noch ein Glas Wein. Es war überaus erleichternd, dass ich weder nach den richtigen Worten suchen noch meine Gedanken ordnen musste. Danach zogen wir uns in aller Eile wieder an. Jedes Mal danach lächelte er auf dieselbe Weise. Ich reagierte nicht und ging, ohne zu wissen, ob es mir überhaupt gefallen hatte.

Als du von deinem Termin zurückkamst, gingst du direkt in die Küche. Es war überaus wichtig, dass kein Wort fiel. Immerhin konntest du nicht sicher sein, dass es Lecoq war. Aber der leicht veränderte Ton, in dem ich über ihn sprach, oder die etwas erzwungener wirkende Ablehnung führten dich auf die richtige Spur. Und schließlich war es in gewisser Weise logisch.

Kein einziges Geräusch drang während des Essens durch die Zwischenwand. Ihr Fernseher war verstummt, und auch den Garten, wo ohnehin bald eine Baufirma die Terrasse verlegen würde, benutzten sie nicht mehr. Da dir diese plötzliche Stille seltsam vorkam, konntest du nicht umhin, eine Bemerkung fallen zu lassen. Ich selbst stellte mir etwas konkretere Fragen. Am liebsten hätte ich ein Loch durch die Wand gebohrt, um nachzusehen, ob sie ebenfalls stumm an ihrem Tisch saßen. Ich fragte mich, ob er mit ihr sprach, ob er sich eine Lügengeschichte ausdachte, um seinen Nachmittag zu füllen, ob er das häufiger machte, oder ob erst ich ihn auf Abwege gebracht hatte. Ich war mir sicher, dass er daran gewöhnt war. Nicht eine Sekunde lang hatte er gezögert, so als ob er von Anfang an gewusst hätte, dass die Sache genau so laufen würde.

In unserer Straße schienen die Arbeiten endgültig zu stagnieren. Die Häuser mit den geraden Hausnummern waren inzwischen an die Gasleitung angeschlossen, während man bei uns auf unerwartete Schwierigkeiten gestoßen war. Da der Regen einer milden Wärme gewichen war, nahmen wir die Situation gelassen hin. Wenn jemand auf unserer Seite ein Bad nehmen wollte, ging er einfach zu seinen Nachbarn gegenüber – wir zu den Taupins, die Lecoqs zu den Dudus und so weiter. Es entwickelte sich eine neue Form der Solidarität. Und es kehrte wieder Ruhe ein.

Wenn ich morgens in die Küche hinunterkam, sah ich, wie Patrick ins Büro aufbrach. Annabelle ging zur selben Zeit los, um ihren Sohn in die Kita zu bringen. Er grüßte sie zerstreut, als ob er die Mikroshorts, die ihn einst bei den sonntäglichen Kirmesfesten so verrückt gemacht hatten, längst vergessen hätte.

Am Abend ging Patrick nochmals aus dem Haus und klingelte bei den Benanis. Er hatte entdeckt, dass ihn und Youssef ein gemeinsames Interesse verband. Die Hände hinterm Rücken verschränkt, standen die beiden Männer auf der Zinkplatte, begutachteten die Baustelle und stellten unzählige Theorien darüber auf. Mal war es die Wahl der Materialien, mal das Konzept an sich, das beanstandet wurde. Sobald sie eine passende Erklärung gefunden hatten, brachten sie sie zu Papier. Die Firmen kamen daraufhin vorbei und sahen sich das Ganze an, erklärten die Theorie für ungültig und zwangen Patrick und Youssef somit dazu, sich etwas Neues zu überlegen. Und das ließen sie sich auch nicht nehmen. Das Problem stachelte ihre Vorstellungskraft an – kurzum: Sie waren beschäftigt.

Die Terrasse im Garten der Lecoqs schien ebenfalls an einem toten Punkt angekommen zu sein. Der Bauunternehmer hatte Zementsäcke und diverse Utensilien abgestellt, sich dann aber einer anderen Baustelle zugewandt. Deine Freude darüber zeigtest du deutlich, während ich zustimmend lächelte. Es war unerträglich heiß. Von meinem Liegestuhl aus starrte ich in den blauen, von Kondensstreifen durchzogenen Himmel über mir, während du unter dem Sonnenschirm vor dich hin döstest. Wir rückten die Dinge ins rechte Licht. Vielleicht war es ja, alles in allem, nicht ausgeschlossen, in dieser Allee Wurzeln zu schlagen.

Doch dann, an einem Dienstagabend – ich saß im Wohnzimmer und las – hörte ich ein Rascheln hinter der Hecke. Es war besonders heiß an jenem Abend. Die Temperatur sank nicht mehr unter die dreißig Grad. Wir hatten uns daran gewöhnt, mit offenen Fenstern zu leben, mussten dabei nur auf das Kommen und Gehen des Katers achten. Wenn das Tier zu nah herankam, verjagten wir es mit Wasser aus einer Sprühflasche, dem wir etwas Senf beigefügt hatten. Der dicke Rote hatte die Botschaft verstanden. Inzwischen genügte es, die Flasche nur kurz anzuheben, schon machte er sich aus dem Staub.

Aber dieses Mal war es nicht der rote Kater. Ich ging geräuschlos hinaus, um die Blumen zu gießen. Meine Hausschuhe versanken im weichen Gras. Ich ging gebückt, damit mein Kopf nicht über die Hecke ragte. Die Lecoqs waren nicht in ihrem Garten, der inzwischen zu einem Bauplatz verkommen war, sondern im Wohnzimmer, die Balkontür stand offen. Ich stand mucksmäuschenstill da, presste meine Ohren an den Busch und hörte, wie Annabelle klar und deutlich sagte:

»Wir machen es wie die anderen Male auch. Ich bringe den Kleinen morgen Nachmittag weg, und du schnappst sie dir.«

Da wurde mir klar, dass die beiden Monster waren. Sie hofften nicht darauf, dass wir umzogen. Sie wollten uns leiden sehen, uns am Denken hindern, am Lieben. Sie wollten das komplexe Konstrukt unseres Bündnisses zerstören. Sie planten unsere totale und endgültige Vernichtung.

16

Am 12. Juli, gegen sieben Uhr morgens, verließ Romaric das Haus, um zur Postbank von Nogent-le-Perreux aufzubrechen, wo er als Finanzberater arbeitete, als er den Kater fand. Niemand hat später versucht herauszufinden, ob der Kater vergiftet worden war. Er hatte gravierende Verletzungen davongetragen. Man beschränkte sich also auf das Offensichtliche. Er war regelrecht aufgeschlitzt worden. Seine Gedärme hingen teilweise über dem Fell, andere Teile waren auf die Absperrung der Baustelle geschleudert worden, was die Aufmerksamkeit der morgendlichen Passanten weckte.

Cécile bereitete gerade das Frühstück vor, als sie bemerkte, dass der Finanzberater wie angewurzelt vor ihrem Fenster stehen geblieben war. Neugierig geworden, ging sie im Pyjama nach draußen und raufte sich angesichts des Massakers die Haare. Durch die Dreifachverglasung konnte man sehen, wie sich ihre Lippen zu einem stummen O formten. Von unserer Küche aus konntest du ihren tonlosen Schrei erkennen und gingst nach draußen, um nachzusehen, was dessen Ursache war. Mit meinem Kaffee in der Hand sah ich, wie die Benanis, die Dudus und die Lemoines dazukamen. Schließlich kamen die Lecoqs, um zu erfahren, was los war. Youssef stützte Annabelle, als diese fast zusammengebrochen wäre, und Franck Lemoine griff mannhaft Arnauds Arm, um ihm Mut zuzusprechen. Schon jetzt war es sehr heiß. Ich öffnete das Fenster, um nachzusehen, ob meine Ringelblumen gut gewässert waren.

Ines fragte, ob man nicht besser die Polizei informieren solle. Die Ordnungskräfte würden sich wohl kaum die Mühe machen, den Mord an einer Katze aufzuklären. Doch es gebe gesetzliche Bestimmungen gegen die Misshandlung von Haustieren, tat sich Romaric hervor, der selbst einen Foxterrier besaß. Alle wandten sich zu ihm. Hatte vielleicht der Hund etwas damit zu tun? Diese Hypothese kam allen zupass. Niemandem behagte die Vorstellung, Tür an Tür mit einem Katzenmörder zu leben. Dann warfen sie noch einmal einen Blick in die Grube. Die Verletzung war schlimm, man musste etwas tun. Patrick rief die Polizei.

Ich kochte noch mehr Kaffee, wie man das in schwierigen Momenten so macht, und reichte die Tassen durch das Fenster nach draußen. Nach einer halben Stunde hielt ein Streifenwagen am Straßenrand. Die Polizisten waren jung, eine blonde Frau und ein dunkelhäutiger Mann, halb Franzose, halb Kapverdier, wie wir erfuhren, nachdem Ines gefragt hatte, woraufhin sie sofort klarstellte, dass sie alle Völker der Erde liebe und im Übrigen Jean-Luc Mélenchon wählen werde.

Die Polizisten hatten ihrerseits auch keine Lust, die Nase in den Katzenkadaver zu stecken. Sie riefen die Feuerwehr, die sich Zeit ließ und schließlich mit einem Müllsack anrückte. Einer der beiden Feuerwehrmänner schob mit angeekelter Miene die Absperrung beiseite und stieg in die Grube hinab, um eine Bestandsaufnahme zu machen. Der Mann hob die Wundränder an, kratzte etwas Blut beiseite und erklärte, dass die Tat mit einem elektrischen Gerät verrichtet worden sei, einer Säge oder einem Messer, etwas in der Art. Der Foxterrier schien aus der Sache raus zu sein.

Als die Feuerwehrmänner weg waren, sahen die Polizisten sich argwöhnisch um. Sie schienen sich zu fragen, welcher Geisteskranke auf die Idee gekommen war, diesen einst so friedlichen Vorort neu zu besiedeln. Unsere Nachbarn konnten es nicht fassen. Sie waren voller Naivität. Sah man diesen Häusern mit den Solarmodulen und Kompostbecken denn nicht an, dass sie gewaltfrei lebten?

Nein, man würde den Katzenmörder unter ihnen nicht finden. Man müsste ihn eher irgendwo an der Schnellstraße suchen, in Richtung der Sozialwohnungen. Da flogen die seltsamsten Dinge von den Balkonen, wie Alban Durand-Dubreuil bekräftigte, der sich nicht oft bei den großen Wohnsiedlungen aufhielt. Ja, ganze Kühlschränke, Gasherde und noch viel mehr von diesem Zeug lag am Rand der Autobahn herum. Das hieß nichts anderes, als dass diese Leute erst recht dazu fähig waren, sich an Tieren zu vergreifen.

Damit waren jedoch nicht alle einverstanden. Vor allem Patrick wollte wissen, durch welche Gedankenverdrehung man zu diesem Schluss kommen könne. Beim Anblick ihres Ehemanns, der sich in einem erbärmlichen Zustand befand, verlangte Ines eine Erklärung von Alban, der sich den Schweiß von der Stirn wischte und es auf einmal sehr eilig hatte, ins Büro zu kommen.

Die Untersuchung war fast abgeschlossen. Ganz offensichtlich wussten die Polizisten nicht, wie sie weiter vorgehen sollten. Im Zweifelsfall konnten sie die Angelegenheit an ihren Vorgesetzten weiterleiten, aber dieser hielt sich bis zum fünfzehnten August in Quiberon auf. Wir müssen ja nicht viel Aufhebens von der Sache machen, meinte die Blonde anstelle eines Abschiedsgrußes.

Inzwischen war der Schreck der ersten Minuten verflogen, und die Hitze wurde fast unerträglich. Da die kleine Benani und die jüngere Tochter der Lemoines, deren Vornamen ich ständig vergaß, da sie völlig in der Masse kichernder junger Mädchen untergingen, plötzlich losprusteten, forderte Malika sie auf, ihr Eimer und Wischlappen zu bringen. Unter den entsetzten Blicken der Mädchen wusch sie das Baugeländer sauber und kippte das übrige Wasser in die Grube, auf die blutverschmierten Rohrleitungen, bis die letzten Spuren im Bauschlamm verschwanden.

17

Mit dem Tod des Katers hatten die Aperitifs ein Ende. Man sagte Guten Tag und Guten Abend, aber es gab keinen Versuch mehr, sich gegenseitig einzuladen. Ich empfahl dir, eine etwas weniger zufriedene Miene aufzusetzen. Unsere Nachbarn, die dich ohnehin schon für einen Griesgram gehalten hatten, sahen auf einmal, wie du mit einem Dauergrinsen im Gesicht den Müll rausbrachtest, und begannen dich misstrauisch zu beäugen.

»Was soll das schon ausmachen, solange ich mir nichts vorzuwerfen habe?«, antwortetest du breit lächelnd.

Augenscheinlich kamst du wieder zu Kräften. Serrier hatte deine Dosis vor ihrem Sommerurlaub reduziert. Diese Übergangszeiten waren immer ein wenig schwierig. Völlig aus dem Häuschen, weil es dir besser ging, neigtest du dazu, nun gänzlich auf deine Pillen zu verzichten. Der brutale Abbruch der Medikation führte jedoch unweigerlich dazu, dass du innerhalb weniger Wochen zusammenbrachst. Dieses Mal zeigtest du dich allerdings vernünftig. Ja, du fühltest dich sehr viel besser, warst aber weit davon entfernt, irgendwelchen Blödsinn anzustellen, oh nein, du wolltest brav deine Pillen nehmen, bis Serrier zurück sei.

Plötzlich war mir das verdächtig. Ich fragte mich, was du wohl im Schilde führtest, während meine eigenen Geheimnisse doch ganz offen zutage lagen. Am Ende habe ich dir die Sache mit Lecoq sogar erzählt. Da mich deine Geduld ganz verrückt machte, gestand ich dir eines Abends, dass ich mit ihm geschlafen hatte, ohne großes Vergnügen oder sonst etwas, nicht einmal, nicht zwei- oder dreimal, sondern viermal, und noch immer lächeltest du, so als hättest du gewusst, dass es so weit kommen würde, dass es da bei mir diesen schrecklichen Drang gab, weshalb ich selbst auf unseren ärgsten Feind hereinfallen würde, während du dich niemals beirren ließest, du, der du auch nach meinem Absturz aufrecht dastehen und uns rächen würdest.

Es war immer noch genauso heiß. Ich arbeitete im Garten, die Füße in einer Wanne mit kaltem Wasser. Nebenan war es ruhig. Die Immobiliensaison lief auf Hochtouren. Um den fünfzehnten August herum konnte man regelmäßig mit einem Hoch rechnen, beglückwünschte sich Arnaud jeden Morgen mit Blick auf sein Handy, bevor er ins Auto stieg, das nach wie vor in der Allee geparkt war.

Mit der Terrasse in seinem Garten war man kein Stück vorangekommen. Die Zementsäcke lagen nutzlos in der Sonne herum. Ich konnte sie durch die Hecke hindurch sehen, wenn ich meinen Blick vom Bildschirm hob. Klincksieck war für drei Wochen im Luberon verschwunden. In seiner Abwesenheit brütete ich in aller Ruhe über dem Projekt. Dann, eines Morgens, erhielt ich eine E-Mail von Bogaert. Wie es mir seit dem letzten Mal gehe, fragte er eilfertig. Er sei gerade mit seiner Familie an der Côte d'Azur. Aber er werde in ein paar Tagen in die Niederlande zurückkehren, um die laufenden Geschäfte zu prüfen, während Frau und Kinder am Meer blieben. Ob ich auf einen Sprung nach Rotterdam kommen könne?

Das war eine gute Frage, Nicolaes Bogaert. Ich bedankte mich dafür, dass er gefragt hatte, zumal es ja nie zu spät war für zwei Menschen guten Willens, nie zu spät, um nachzudenken und seine Meinung zu ändern. Es sei denn, man habe gerade andere Probleme, daher müsse ich ihm mitteilen, dass mich bedauerlicherweise derzeit andere Pflichten derart in Beschlag nähmen und es mir daher absolut unmöglich sei, an den von ihm vorgeschlagenen Tagen in den Thalys zu steigen, schickte ich mich an zu schreiben, als ich auf einmal den Labrador hinter den Büschen bemerkte.

Es war ein sehr süßer Welpe. Er schlief bei den Zementsäcken. Ich hatte ihn bis dahin überhaupt nicht bemerkt, da er bewegungslos dagelegen hatte. Aber nun war er aufgewacht und schüttelte seine langen Ohren, stellte sich auf seine wackeligen Beine und beschnupperte fiepend die Hecke.

Wir liebten Hunde. Auf der Straße sahen wir ihnen zärtlich nach, wie das oft bei Paaren ist, die keine Kinder haben und finden, dass ein Hund im Großen und Ganzen ein akzeptabler Ersatz sei. Von Zeit zu Zeit träumten wir davon, uns einen zuzulegen, vielleicht wenn wir um die sechzig wären, das sei doch ein schönes Geschenk für den Beginn der Rente. Doch das Thema war nie mehr als eine bloße Idee. Ein- oder zweimal hatten wir uns diesen Hund vorgestellt, und tatsächlich sollte es ein Labrador sein, oder ein Cocker oder auch Dackel, aber am liebsten ein Labrador. Die Hunde dieser Rasse wirkten immer fröhlich, sie waren unfähig, dir ein Messer in den Rücken zu rammen wie der Mensch, der immer als Erstes genau daran denkt.

Die Lecoqs waren absolut genial. Sie erfanden immer etwas Neues, um uns übers Ohr zu hauen. Und dann ersetzten sie das eine Tier einfach durch ein anderes, so als wären sie austauschbar wie ein Stuhl oder ein Autoreifen. Wütend drückte ich auf die Entertaste und gab Bogaert damit zu verstehen, dass ich es endgültig satt hatte, mich für dermaßen komplizierte

Leute zu vierteilen, und dass meine Antwort Nein lautete.

Dann trat ich an die Hecke und streckte die Hand nach dem Welpen aus. Er leckte mir die Finger und fiepte dabei. Ich ebnete ihm einen Weg durchs Geäst. Er stürzte sich auf mich und zappelte um meine Beine herum. Als ich ihm den Rücken kraulte, warf er sich hin und streckte mir den Bauch entgegen, ich krabbelte ihn lachend an den Pfoten, weil ihm das zu gefallen schien.

Kaum, dass ich lachte, ging oben auch schon ein Fenster auf. Ich musste nicht einmal den Kopf heben, um zu wissen welches. Es war Annabelle, ganz eindeutig, die in jenem Zimmer stand, das ich als Büro nutzte und das bei den Lecoqs das Kinderzimmer war. Annabelle beobachtete von oben, wie ich ihren Hund streichelte, denn einmal mehr hatte sie mir eine Falle gestellt, und einmal mehr war ich hineingetappt.

Ich setzte den Hund wieder auf seine Pfoten und verfrachtete ihn zurück auf die andere Seite der Hecke, wo er herumjaulte, dann rannte ich zu Cécile.

»Ein Hund!«, rief ich entgeistert. »Sie haben einen Hund.« Aber Cécile war bereits auf dem Laufenden. Der kleine Labrador hieß Toupie. Arnaud hatte ihn über den Bon Coin besorgt, um Annabelle zu beschwichtigen, die nicht aufhören konnte, ihren Kater zu beweinen. Es fiel mir schwer zu glauben, dass Annabelle fähig war, Tränen zu vergießen, weder für den Kater noch für sonst jemanden. Doch Cécile meinte, dass man Mitgefühl haben müsse, sogar mit Leuten, die man nicht mochte. Ich setzte eine verständnisvolle Miene auf, um sie nicht weiter zu verärgern.

Ja, Annabelle habe viel geweint, um ihren toten Kater, aber auch einfach so. Cécile machte mir Kaffee, und dann, in ihrer Küche, vertraute sie mir an, dass es zwischen den Lecoqs nicht gerade gut lief. Sie habe diese Information von Martin Bohat, dem Sohn der Pensionäre aus dem Verteidigungsministerium, die eingepfercht am Ende der Allee wohnten. Der junge Bohat war Tischler. Er machte Maßanfertigungen und kümmerte sich um diverse Haushalte in unserer Nachbarschaft, daher bekam er auch die mehr oder minder wohlwollenden Unterhaltungen unter den Eheleuten mit, wie die Frau für eine Sache kämpfte, während der Mann für die andere Sache stritt. Nun besaß der junge Bohat nicht dieselbe Diskretion wie seine Eltern. Im Gegenteil, er fand Gefallen daran, bei den einen zu verbreiten, was er bei den anderen aufgeschnappt hatte. So hatte Cécile erfahren, dass die Lecoqs, für die er Verschalungen im Untergeschoss installiert hatte, seit Wochen kaum miteinander reden. Annabelle sei so niedergeschlagen, dass sie nicht einmal mehr in die Agentur ging. Sie blieb in ihrem Zimmer, zog die Vorhänge zu und gab keinen Mucks von sich, nicht einmal, wenn Bohat mit dem Hammer im Keller herumklopfte.

Wenn ich den Mut gehabt hätte, zu Annabelle aufzusehen, während sie mich beim Streicheln des Labradors beobachtete, hätte ich Cécile gegenüber behaupten können, dass sie falsch lag. Dass niemals je eine Träne über ihre perfide Wange geflossen war, dass sie die Boshaftigkeit in Person war, und dass man sehr bald schon sehen würde, wer hier unschuldig war. Aber der sorgenvolle Blick, mit dem mich Cécile jetzt ansah, machte mir klar, dass ich mich ohne Beweise nicht auf ein so unsicheres Gleis begeben dürfte, andernfalls würde sie mir ihre Tür für immer vor der Nase zuschlagen, und dann hätte ich keine Verbündete mehr in dieser Runde.

Ich ließ meinen Blick aus dem Fenster schweifen.

Die Gräben der Kanalisation klafften offen. Bei dieser Hitze zerfiel der Schlamm in rissige Platten, doch der Rasen blieb makellos grün. Es kam mir so vor, als könnte man in diesem Zustand bleiben, auf halber Strecke, ohne dass die Waage jemals zur einen oder anderen Seite kippte. Cécile schien Gedanken lesen zu können.

»Das wird nie was«, sagte sie mit einem Seufzen und stellte die Tasse zurück auf die Anrichte. »Ich frage mich, ob es nicht eine Fehlinvestition war.«

Ich sah sie ungläubig von der Seite an. Alle unsere Nachbarn waren nach wie vor zufrieden. Sie hatten an Platz gewonnen und an Grünfläche, und alle beglückwünschten sich unentwegt, diesen guten Riecher für unser Ökoviertel gehabt zu haben. Ich trank meinen lauwarmen Kaffee und schlürfte den zuckrigen Bodensatz aus. Cécile begleitete mich zur Tür. Die trockenen Ränder der Grube begannen zu bröckeln. Der Wind hatte Abfälle herbeigetragen, die sich inzwischen auf den Rohrleitungen türmten – Zigarettenkippen, Dosen, Verpackungen von Prepaidkarten. Ich ging zu unserem Haus hinüber. Auf der Türschwelle drehte ich mich noch einmal um und winkte ihr zum Abschied. Sie würden wieder behaupten, dass es an mir lag, aber es roch ein wenig komisch.

18

Du fandest nicht, dass es komisch roch, du fandest, dass es eher normal roch, nur in heiß. Jetzt, wo der Kater tot war, die meisten unserer Nachbarn in den Sommerurlaub gefahren und die Lecoqs nahezu vollkommen von der Bildfläche verschwunden waren, hatten wir den ganzen Platz für uns. Unter dem Sonnenschirm last du anthropologische Bücher. Dein Interesse galt der Entstehung von Gemeinschaften, ihren Sitten und Bräuchen, der Art und Weise, wie sie zusammenwachsen und sich erhalten und am Ende unweigerlich zerstört werden. Als ich in den Garten hinunterkam, wolltest du deine neuesten Erkenntnisse mit mir teilen. Ich bat dich darum, es zusammenzufassen. Nur der letzte Satz interessierte mich.

Die Hitze war nach wie vor unerträglich. Ich war wieder nach oben gegangen, um in meinem Büro zu arbeiten, wo ich einen Ventilator und ein Rollo aus Holz angebracht hatte. Hinter der Trennwand gluckste von Zeit zu Zeit die Rohrleitung, was darauf hindeutete, dass sich Annabelle erfrischte oder ihren Sohn badete. Ich hörte sie aber nie wieder kichern oder die Lautstärke ihrer abscheulichen Fernsehsendungen hochdrehen.

Du lagst im Liegestuhl und warst begierig mit der Lektüre von Éric Chauvier beschäftigt, wobei bestimmte Formulierungen dir Freudenschreie entlockten. Ich schob die hölzernen Lamellen des Rollos auseinander, um dein Mienenspiel zu beobachten. Es war eine richtige Theatervorführung, diese großen Gesten und die laute Stimme, mit der du Auszüge vorlast, was unsere Nachbarn wohl kaum gutgeheißen hätten – vorausgesetzt, sie wären in der Lage gewesen, den Kern der Aussage überhaupt zu erfassen, die du nun mit umso größerer Begeisterung verkündetest, weil du der Überzeugung warst, dass wir allein es waren, die Zugang zu den höheren Sphären des Denkens hatten. Ich musste über dich lachen. Die meiste Zeit über trugst du diese Shorts, ein ziemlich gutsitzendes Modell, das deine langen dunklen Schenkel, die behaarten Waden und deine schönen Füße zeigte, auf die du viel Sorgfalt verwendest. Obenrum hattest du nichts an, und ich wunderte mich, dass du immer noch dieses Sixpack hattest, obwohl du mit nichts anderem beschäftigt warst, als im Liegestuhl zu liegen und Éric Chauvier zu lesen.

Langsam wurden die Tage kürzer. Gegen zwanzig Uhr zog ich das Rollo hoch und sah zu, wie die Sonne hinter der Hecke verschwand. Dann hörte ich Arnauds Wagen, der sich einen Weg an der Baustellenabsperrung entlang bahnte. Er ließ den Motor laufen, damit auch jeder mitbekam, dass er da war, nieste lautstark und schlug Wagen- und Haustüre krachend hinter sich zu. Er hatte das Bedürfnis, den Schallraum maximal auszufüllen, um in sämtlichen Lebensbereichen zu betonen, dass er anwesend war.

Durch die geöffneten Fenster konnte man wenig später das Klappern von Gerätschaften hören, es war ein großes Durcheinander, versetzt mit spitzem Kläffen. Toupie verbrachte seine Tage inzwischen im Untergeschoss. Sie ließen ihn nur abends raus. Völlig außer sich, weil er endlich an der frischen Luft war, sprang er wie wild um die Hecke herum, jagte den Schmetterlingen hinterher und biss ins Gras, was mit den kleinen Zähnen nicht recht funktionierte. Kurz darauf beruhigte er sich etwas und beschnupperte

Zementsäcke, Schaufel und Hacke, die neben dem Betonmischer herumlagen, den der Bauunternehmer inzwischen dort abgestellt hatte. Danach näherte er sich den Büschen, die unsere beiden Gärten voneinander trennten. Und er rief nach dir mit erbarmungswürdigem Geheule, damit du endlich von deinem Liegestuhl aufstehen, dich zu ihm hinknien und ihn wie ich am ersten Tag mit den Fingerspitzen kraulen mögest.

Der kleine Labrador war jetzt gar nicht mehr so klein. Da er im Käfig kaum Bewegung hatte und reichlich zu fressen bekam, wurde er zusehends dicker und würde schon bald einen ziemlich großen Hund abgeben. Das dachte ich in meinem Büro in der oberen Etage, während du dich, halbnackt, wieder in deinen Liegestuhl setztest und Toupie mit gesenktem Kopf zu den Zementsäcken humpelte. Dann presste er auf einmal die Ohren dicht an den Schädel und legte sich wie vor Angst flach auf den Boden.

Ich wendete den Kopf und sah Arnaud in einer Ecke des Gartens stehen. Er stand unbeweglich da, schräg gegenüber dem Sonnenschirm, und fixierte dich, ja er starrte dich so sehr an, dass er darüber jede Vorsicht vergaß. Hätte er nach oben gesehen, hätte er mich am Fenster bemerken müssen. Doch sein Blick haftete fest auf dir, die Arme wie festgewachsen an seinem Körper, bis er die Hand zu seinem Gürtel hob, der ihn einzuschnüren schien. Er berührte flüchtig die Schnalle, als ein Gebrüll ihn unterbrach – war es das Kind oder Annabelle, die irgendetwas hatte anbrennen lassen –, und Arnaud ging hinein.

Ich stand von meinem Stuhl auf. Der Boden schwankte unter mir. Im Badezimmer rieb ich mir das Gesicht mit kaltem Wasser ab, dann trat ich auf den Balkon vor unserem Schlafzimmer und sah auf die

Allee hinaus, um zu überprüfen, ob die Häuser von Cécile und Patrick, das der Dudus, von Romuald und Romaric und der Bohats noch immer da waren. Die Häuser waren gut zu sehen, sie standen fest verankert auf dem Rasen. Der aufgerissene Asphalt klaffte noch immer unter freiem Himmel. Eine leichte Brise wehte den Müll aus der Grube nach oben. Aber dieses Mal hätte ich schwören können, dass es wirklich komisch roch.

19

Ich kam nicht dazu, die näheren Umstände aufzuklären. Drei Tage, nachdem ich darauf bestanden hatte, dass es wirklich komisch roch, aber wirklich komisch, das heißt drei Tage, nachdem du aufgehört hattest, mich vom Gegenteil überzeugen zu wollen, rollte ein Pick-Up den schmalen Streifen zwischen Graben und Fußgängerweg bei den Lecoqs heran und parkte dort, wo sonst das Auto stand, das Arnaud geliehen hatte, um in die Agentur zu kommen. Zwei Männer stiegen aus. Sie öffneten die Heckklappe, luden Säcke auf eine Karre und schoben sie durchs Haus bis in den Garten. Du sprangst aus deinem Liegestuhl und kamst zu mir ins Büro, von wo aus wir das Treiben beobachteten.

Die Männer hatten inzwischen das Gelände freigelegt. Sie warfen alles, was da herumlag, einfach in die Hecke – Grillzubehör, Plastikspielzeug, ein aufblasbares Planschbecken. Dabei gingen sie so achtlos vor, als hätten sie die Anweisung erhalten, die Sachen absichtlich so schlecht zu behandeln. Nachdem sie gründlich aufgeräumt hatten, steckten sie die Terrassenfläche akkurat ab, es waren ungefähr zehn Quadratmeter. Dann holten sie Schaufel und Harke und hoben die Fläche aus. Die Erde flog in Richtung unseres Gartens und bildete einen Hügel, der die Pflanzenreihen verstopfte. Ich versuchte nur daran zu denken, um nicht das ganze Desaster sehen zu müssen, die Staubwolke, die der Wind in unsere Richtung wehte und die sich dann auf unseren schönen Gartenmöbeln aus Akazienholz absetzte. Ich versuchte nicht daran zu denken, dass ich sie selbst mit einem Pinsel eingeölt hatte, mit einem ökologisch verträglichen Produkt, das unseren Bronchien nicht schadete. Ich nahm meine ganze Kraft zusammen, um nicht daran zu denken.

Sie haben den ganzen Tag gegraben. Von Zeit zu Zeit warfen sie ihre Werkzeuge irgendwohin, postierten sich vor der Fensterfront und orderten Getränke und Sandwiches. Eine Hand reichte ihnen, wonach sie verlangten. Sie kauten eifrig, kippten sich ein paar Schlucke Bier in den Rachen und fingen dann wieder an zu graben.

Am späten Nachmittag stellten sie sich am Rand der Grube auf und bestaunten ihre Arbeit, eine etwa fünfzehn Zentimeter tiefe quadratische Fläche. Danach gingen sie wieder zum Pick-Up, während wir auf unseren Balkon rannten, um zu beobachten, was sie diesmal herausholen würden. Es waren lange Platten. Sie transportierten sie durchs Haus bis in den Garten, wo sie eine Drahtspule aufrollten, um die Elektrosäge in Gang zu setzen. Als das Holz in der passenden Größe zugeschnitten war, legten sie die Fläche mit vier rechtwinklig angeordneten Platten aus, dann verschwanden sie.

Unser Blick wanderte von diesem Machwerk über den aufgeschütteten Hügel aus Erde und Sägespänen, die Abfälle, die durch die Lücken in der Hecke in unseren Garten geweht wurden, der jetzt einem Stück Wildnis glich, das kurz vor der Eroberung stand. Ich sagte:

»Dazu haben sie kein Recht.«

Du hast genickt. Natürlich hatten sie nicht das Recht. Aber ging es hier um ein Recht im moralischen oder im juristischen Sinn, und an welches Gericht hätten wir uns wenden können, um Gerechtigkeit einzufordern? Wir wussten es nicht. Auf gut Glück rief ich die Polizei an. So ruhig wie möglich versuchte ich, unser Problem zu schildern, erklärte, dass unsere Nachbarn eine Terrasse errichtet und dabei weder unseren Besitz noch unsere Ruhe geschont hätten, woraufhin man mir entgegnete, dass jeder das Recht habe, sich eine Terrasse zu bauen, solange er sich an die normalen Arbeitszeiten halte, und dass ich mich, sollte ich mich dadurch gestört fühlen, am besten direkt an meinen Nachbarn wenden solle.

Auf diese simple Idee war ich noch gar nicht gekommen. Ich war längst derart terrorisiert von den Lecoqs, dass ich nicht mehr normal mit ihnen kommunizieren und ihnen erst recht nicht in aller Ruhe meinen Standpunkt darlegen konnte, wie jedem anderen auch. Aber du hast darauf bestanden, dass wir mit ihnen sprechen.

Zur gewohnten Zeit hielt das Auto in der Allee. Arnaud stieg lautstark niesend aus und knallte alles hinter sich zu, was nur ging. Als wir vor ihrer Tür standen, drang das Echo eines schlimmen Streits bis nach draußen. Die Geräusche kamen aus der Küche, aber das Fenster war geschlossen, sodass man nichts verstehen konnte. Ich dachte an den Abend zurück, als ich den Keramiktopf auf den Boden geworfen hatte und Annabelle herübergekommen war, um sich über den Lärm zu beschweren und sie tatsächlich behauptet hatte, ihr Sohn könne nicht einschlafen, während dieser genau in dem Moment, als sie sich beschwerte, in ihren Armen schlummerte. Ich musste daran denken, wie verwirrt ich gewesen war. Ich dachte an jenen identischen Bruchteil an Menschlichkeit, der in jedem von uns verborgen ist.

»Komm«, sagte ich zu dir, »lass es uns später noch mal versuchen.«

Aber da drücktest du schon auf den Klingelknopf. Das Gebrüll hörte schlagartig auf, aber du klingeltest immer weiter, dein Finger bohrte sich fast in den Knopf. Das war nicht zu überhören, es war unerträglich, und genau das wolltest du. Du hast den Klingelknopf nicht losgelassen, bis man uns die Tür öffnete.

Sie standen alle drei da, Arnaud, Annabelle und der Junge. Sie sahen verstört aus, hatten Augenringe, bildeten jetzt aber eine geschlossene Front. Ohne ein Wort zu sagen, warteten sie ab, dass wir unser Anliegen vorbrächten. Wir waren schlecht vorbereitet. Zusammenhangslos erklärten wir, dass die Bauarbeiten viel Lärm und Dreck verursacht hätten, sie sollten sich einmal unseren Garten anschauen, es sei wie ein Überfall gewesen, wirklich eine Zumutung.

»Wir werden morgen fertig«, entgegnete Arnaud in dem herzlichen Ton, den er immer aufsetzte, »danach machen wir alles sauber.«

Er war ein guter Geschäftsmann. Er wusste, wie er seine Kunden besänftigte. Und Annabelle pflichtete ihm bei:

»Man muss die Leute leben lassen. Wenn ihr Kinder hättet, wüsstet ihr, was das Leben eigentlich bedeutet.«

Ich dachte an jenen identischen Anteil an Menschlichkeit und schob ihn, was mich selbst betraf, in den Bereich des Imaginären. Vor meinen Augen bildete sich eine Art Nebel. Das war entweder der Hunger oder die Müdigkeit. Ich fühlte mich nicht sonderlich gut, als ich dich wie durch eine Watteschicht sagen hörte:

»Hör mir gut zu, du Schlampe: Entweder du beruhigst dich, oder ich werde dafür sorgen, dass du Ruhe gibst.«

Die Lecoqs rührten sich nicht. Sie starrten uns nur an. Der Anflug eines verächtlichen Lächelns zeichnete sich auf Arnauds Lippen ab. Ganz langsam schloss er die Tür, dann hielt er eine letzte Sekunde inne, bevor er sie uns vor der Nase zuschlug.

20

Die Männer kamen in aller Frühe wieder. Sie schütteten Kies und Sand in die Grube, legten ein Metallgitter darauf und setzten den Betonmischer in Gang. Die Maschine verschlang Wasser, Kies und Zement und produzierte innerhalb weniger Minuten eine graue, klebrige Masse. Mit der Schubkarre transportierten sie das Ganze zur Grube, die sie nun ausgehend vom Haus bis in den Garten hinein mit Beton füllten.

Wir waren ins Schlafzimmer geflüchtet. Von der Straße war kein Mucks zu hören, nur das Dröhnen der Baustelle, Kindergeschrei und das Bellen des Hundes hinter der Trennwand, und noch weiter weg die Schreie der Mutter. Ich hätte am liebsten meinen Kopf gegen die Badezimmerfliesen geschlagen. Du nahmst zwei Tabletten aus dem Medizinschrank und noch eine weitere, die du mir reichtest. Ich schluckte sie dankbar hinunter.

Der Betonmischer ratterte immer weiter und produzierte immer mehr von der glitschigen Substanz. Aber am Ende des Tages waren die beiden Männer fertig mit ihrem Werk. Sie strichen die Platte mit einem Brett glatt und verabschiedeten sich. Wir gingen in den Garten. Eine dichte Wolke schwebte über uns und blieb wegen der Hitze in der Luft stehen. Hustend begutachteten wir die staubigen Hinterlassenschaften auf unseren Besitztümern. Das Gras war durch das Zementpulver wie versteinert. Arnaud hatte gut reden, es war geradezu unmöglich, das alles sauber zu kriegen, wenn er überhaupt je wirklich die Absicht dazu gehabt hatte. Ich sagte:

»Es reicht, wir ziehen um.«

Du hast nicht geantwortet. Seit kaum einem Jahr waren wir dabei, den Kredit abzuzahlen. Wir mussten zur Bank, zur Versicherung, wir mussten eine neue Wohnung finden, was angesichts der Wirtschaftslage nicht gerade leicht war. Wir wussten nichts von den Problemen, die auf einen zukamen, wenn man eine Wohnung suchte. Arnaud war überaus froh über diese Situation. Seit wir das Haus gekauft hatten, gab es immer weniger verfügbare Objekte, und diese Knappheit führte dazu, dass die Immobiliengesellschaften machten, was sie wollten. Den ganzen Abend über schmiedeten wir Pläne. Wir studierten die Preise im Internet, wogen alles entsprechend unserer Ausstattung ab – Grünfläche, leistungsstarke Thermoisolierung, Solarmodule und so weiter. Nachdem wir Hunderte von Annoncen durchforstet hatten, schöpften wir langsam wieder Hoffnung. Es hatte den Anschein, als würden wir für unser Haus eine hübsche kleine Summe bekommen.

In diesem Moment hörten wir den Knall. Im Keller nebenan war etwas in die Luft geflogen, sodass sogar unsere Wände wackelten. Schreie gellten durch den Raum, Arnaud und Annabelle brüllten sich aus voller Kehle an. Diesmal noch lauter als sonst. Sie kreischte schrill, während er sie in harschem Ton zurechtwies. Ich hatte das Gefühl, als stünde er zwei Zentimeter vor ihr, ergriffe ihre Haare und täte sonst was. Wir hörten, wie Möbel umgestoßen und Gegenstände an die Wand geworfen wurden. Ich hatte Angst um das Kind. Wieder rief ich die Polizei an.

Sie hörten mir gelangweilt zu, aber zwanzig Minuten später waren sie da, der Franko-Afrikaner und ein neuer, typisch französisch aussehender, nichtssagender Typ. Natürlich hatte sich der Sturm inzwischen gelegt. Durch das Küchenfenster hindurch hörte ich Annabelle sagen, nein, nein, alles sei gut, ein Knall? Aber nein. Sie habe lediglich einen Keramiktopf auf die Fliesen fallen lassen, das habe einen Höllenlärm gemacht – die Polizisten könnten gern nachschauen, wenn sie wollten. Sie kam sogar auf den Rasen hinaus, um sie hineinzulassen, und ich sah zu, wie sie in ihren Mikroshorts vor ihnen herumtänzelte. Und dann fragte sie ganz unschuldig, wer sie gerufen habe. Doch bevor die Polizisten etwas sagen konnten, beantwortete sie die Frage selbst und sagte, dass es nur die »Katzenmörder« gewesen sein könnten.

Die Polizisten fuhren bald wieder ab. Sicher hatten sie unsere Silhouetten hinter dem Fenster bemerkt, denn als sie bei uns vorbeigingen, warfen sie einen abfälligen Blick auf meine Ringelblumen, und bevor sie ins Auto stiegen, sagte der, der schon wegen der Katze hier gewesen war, zu seinem Kollegen, wir seien »alle verrückt«.

21

Ich fing an zu packen. Nicht einen Moment lang konnte ich auf dich zählen. Die Vorstellung, wieder umzuziehen, lähmte dich vollständig. Es war wichtig, Abstand zu nehmen von deinem großen unbeweglichen Körper, bis wir eine Wohnung gefunden hätten, in der du dich endlich entspannen könntest. Serrier sollte in ein paar Tagen zurück sein. Wir hatten abgesprochen, deine Dosis bis dahin zu verdoppeln.

Die Sachen, die ich erst wenige Monate zuvor ausgepackt hatte, nahmen erneut eine mumienhafte Verkleidung an. Das Geschirr und die seltenen Bücher wickelte ich in Papier und legte sie in ihre Pappsarkophage. Dann klebte ich die Kartons zu. Eine nur für mich leserliche Aufschrift zeigte ihren Inhalt an. So konnte ich sichergehen, dass unsere Sachen später, an einem neuen Ort, gut ankommen würden.

Die Lecoqs waren wieder in ihrem Fuchsbau verschwunden. Nur das parkende Auto verwies darauf, dass sie noch immer hier wohnten. Kein Niesen mehr, keine krachende Tür und auch kein Kläffen. Doch sobald wir ihnen den Rücken zudrehten, veranstalteten sie etwas Neues im Garten. Um die Terrasse herum stapelten sich jetzt Plastikrampen, Jutesäcke und etwas, das nach Kalk aussah.

Ich beschleunigte die Umzugsvorbereitungen. Ende August war ich bei der Bank gewesen und hatte ein Dutzend Wohnungen angesehen, von denen eine fürchterlicher war als die andere. Unsere Nachbarn kamen nach und nach alle aus den Ferien zurück. Cécile und Patrick waren ins Departement Drôme gefahren, um ihre Kinder von einer Sprachreise abzuholen, zu der sie Anfang des Monats aufgebrochen waren. Bei Pflaumenkuchen berichteten mir die beiden Teenager begeistert, dass sie weder in Exeter noch in Pampelune auch nur ein Wort von der lokalen Sprache gelernt, dafür aber alle möglichen Substanzen ausprobiert hätten, über die sie sich in Anwesenheit ihrer Mutter nicht weiter äußern wollten, wie sie mir zuflüsterten, als diese kurz auf der Toilette verschwunden war, aber die laut ihrer Aussage wirklich top gewesen seien, ich müsse sie unbedingt ausprobieren, übrigens sähe ich schlecht aus.

Die Durand-Dubreuils kamen aus Pornichet heim, die Benanis aus Lacanau, die Lemoines aus Port-Barcarès und Romuald und Romaric vom Cap d'Agde. Alle waren zufrieden. Alle hatten denselben Vorsatz mitgebracht – nein, diesmal würden sie sich nicht von der ewigen Hektik des Alltags einnehmen lassen, sondern die im Urlaub erlangte Glückseligkeit verlängern –, und alle fanden, dass ich schlecht aussah.

Ich machte kein Geheimnis daraus. Beim ersten Aperitif, den Ines anberaumte, verkündete ich, dass wir gehen würden. Unsere Nachbarn sahen mich erstaunt an. Da ich keinerlei Bedürfnis verspürte, weiter auszuholen, beschränkte ich mich auf rein faktische Gründe: den Quadratmeterpreis, die Fristen vor der Unterzeichnung beim Notar. Ines' mit Chorizo eingelegte Tintenfische lieferten dann einen guten Grund, über etwas anderes zu sprechen. Alle waren sich einig, dass sie absolut köstlich seien, anschließend setzten sich die einzelnen Gespräche an unterschiedlichen Stellen im Garten fort. Ich stand mit Cécile am Buchsbaum, als sie den Namen der Lecoqs erwähnte. Ich sagte sofort, dass wir ihre Dienste für den Verkauf des Hauses nicht in Anspruch nehmen würden.

»Nein«, entgegnete Cécile, »ich dachte an sie, weil nächste Woche doch Schulbeginn ist und seit Juli keiner mehr Annabelle oder Leo gesehen hat.«

Ich sah sie mit leerem Blick an. Cécile schien auf irgendeine Reaktion meinerseits zu warten, eine Erklärung oder einen Kommentar. Ich hielt dagegen, dass ihr Auto nach wie vor an der Straße geparkt sei.

»Ja, aber Arnaud fährt in aller Frühe los und kommt spät wieder, ich hatte noch nicht die Gelegenheit, mit ihm zu sprechen.«

Irritiert von dieser plötzlichen Fürsorge gegenüber den Lecoqs, erwiderte ich, dass sie ja, wenn sie sich wirklich solche Sorgen machte, einfach an ihrer Tür klingeln könnte, es brenne ja schließlich Licht. Cécile sah mich einen Augenblick so an, als wollte sie mir eine letzte Chance geben, etwas zu sagen, und befand dann, dass es eine gute Idee sei und sie kurz mal rübergehen werde. Ich schlich allein im Garten der Dudus herum und versuchte, mich den anderen Grüppchen anzuschließen. Man schenkte mir zwar wohlwollende Blicke, unternahm aber nichts, um mich mit einzubeziehen. Ich gehörte schon nicht mehr zur Gemeinschaft.

Zwanzig Minuten später kam Cécile zurück. Sie habe Arnaud allein angetroffen, und er habe einen äußerst entspannten Eindruck gemacht. Er habe ihr die neue Terrasse gezeigt und die kunststoffbeschichteten Platten, mit denen sie den Beton abdecken würden, sobald er getrocknet sei. Dann habe er ihr von sich aus erzählt, dass Annabelle bei ihrer Mutter in Dijon sei. Ja, Arnaud habe sehr entspannt gewirkt. Er habe gerade mehrere Gutachten für Appartements im Stadtzentrum aufgesetzt und sei ziemlich optimistisch, dass ihm die Verkäufer ihren Besitz anvertrauen würden. Cécile habe geschickt ein paar Fragen zu Annabelles Familie eingestreut. Sie hoffe, es sei nichts Schlimmes passiert und dass sie nicht etwa deshalb habe wegfahren müssen, weil ein Elternteil krank war. Aber nein, allen gehe es gut, und Annabelle werde bald zurück sein.

22

Nun war Annabelle allerdings auch bei Schulbeginn noch nicht wieder zurück. Ines machte sich als Erste Sorgen deshalb. Sie hatte ebenfalls ein Kind, das in die Vorschule ging. Vor dem Sommer hatte sie mit Annabelle vereinbart, dass sie morgens gemeinsam zur Schule gehen würden, um die Kleinen daran zu gewöhnen, und dass eine von ihnen die Kinder am Nachmittag abholen werde. Am ersten Schultag diskutierten die Eltern an der Baustelle, während die Kinder auf dem Rasen herumtollten, als Ines vor aller Welt zu Arnaud sagte: »Es ist ja schön, dass deine Frau bei ihrer Mutter ist, aber selbst im letzten Kaff gibt es irgendwo Netz. Doch sie reagiert einfach nicht, das ist schon seltsam.«

»Vielleicht hat sie nur keine Lust, mit dir zu reden«, entgegnete Arnaud und stieg ins Auto.

»Du hast jetzt zum letzten Mal vor unserer Tür geparkt«, sagte Ines und drohte ihm mit erhobenem Zeigefinger. Und dann schob sie zwei große Kübel, in denen verschiedene Kräuter wuchsen, über den Weg und stellte sie so hin, dass es unmöglich war, hier noch zu parken.

Dieser Disput machte es mir etwas leichter. Je mehr Wohnungen ich besichtigte, desto stärker war mein Eindruck, dass wir bald durch eine wahre Immobilienhölle irren würden, ohne jemals die passende Wohnung für uns zu finden. Und als weitere drei Tage vergingen, ohne dass Annabelle ein Lebenszeichen von sich gegeben hätte, wurde die Anspannung fast unerträglich.

Als Youssef am Freitag von der Arbeit nach Hause kam, traf er auf Arnaud, der ihm mitteilte, dass er die Polizei verständigt habe. Ja, er habe sich mit Annabelle Ende August gestritten, woraufhin sie mit Leo zu ihrer Mutter gefahren sei. Das passiere ab und an. Wenn ihr Verhältnis ins Wanken geriet, suche sie das Weite, doch nach ein paar Tagen sei alles wieder im Lot.

Annabelle war also zu ihrer Mutter nach Dijon gefahren. Sie hatte ihr Handy ausgeschaltet. Arnaud rief deshalb regelmäßig auf dem Festnetz an, um sicherzugehen, dass es allen gutging, auch wenn sie selbst sich weigerte, mit ihm zu sprechen. Annabelles Mutter hieß Guilaine. Sie führte eine Modeboutique der Marke Armand Thiéry im Stadtzentrum. Die Geschäfte liefen hervorragend, trotz der Krise im Einzelhandel und der überhandnehmenden Großmärkte. Doch Guilaine war eine versierte Fachfrau, die ihren Warenbestand zu optimieren und die Kundin aufzuwerten wusste, ohne dabei dick aufzutragen. Ihr Mann war mit fünfundvierzig Jahren an einem Herzinfarkt gestorben, damals hatte Annabelle gerade das Elternhaus verlassen. Ein paar Jahre später tat sich Guilaine mit Francis zusammen, einem Bauunternehmer, den sie im Internet kennengelernt hatte. Einmal hatte sie auch an einer Ausgabe der Sendung »Relooking« auf M6 teilgenommen. Man suchte damals nach einer pfiffigen Persönlichkeit in der Gegend, und die Produzenten hatten sich sofort auf sie eingeschossen. Die Moderatorin kam daher zu ihr in die Boutique, um die Dijoner Damen mit verbesserungswürdigem Stil neu einzukleiden. Guilaine schlug ihnen diverse Kombinationen vor, machte dazu ein paar passende Kommentare, und die Moderatorin war ganz außer sich vor Begeisterung. Für diese Sendung hatten sie ein quirliges Gespann abgegeben, weshalb die Ausgabe eine hohe Einschaltquote brachte, wie Arnaud gegenüber Youssef betonte.

Aber diese Erklärungen interessierten Youssef nicht sonderlich. Er hätte es vorgezogen, dass sich Arnaud auf das Wesentliche konzentrierte. Doch dieser schien so verwirrt zu sein, dass er sich die ganze Zeit in unwichtigen Details verlor. Dennoch konnte Youssef am Ende herausfinden, dass Annabelle und der Junge nach einer Woche bei ihrer Mutter nicht mit dem Zug zurückfahren wollten, sondern stattdessen ein Auto gemietet hatten, jedoch nie an ihrem Ziel anlangten.

Kaum war sie losgefahren, hatte Guilaine Arnaud angerufen, um ihm mitzuteilen, dass seine Frau am späten Nachmittag zu Hause sein werde. Lecoq hatte sich noch keine Sorgen gemacht, als sie ein und dann zwei Stunden Verspätung hatte. Annabelle liebte es, auf sich warten zu lassen. Sie hielt an Raststätten an, schlenderte durch die Läden und ließ sich von den Fernfahrern Komplimente machen, weil ihr das ein gutes Gefühl gab. Aber als sie um Mitternacht noch immer kein Lebenszeichen von sich gegeben hatte, rief Arnaud Guilaine an, die sich furchtbar aufregte. Annabelles Handy war nach wie vor ausgeschaltet, es gab keine Möglichkeit, sie zu erreichen. Sie verständigten die Polizei und informierten sich in den Notaufnahmen der Departements, durch die sie gefahren sein musste. Am Morgen darauf wusste man noch immer nichts.

Die Polizei machte normalerweise wenig Aufhebens, wenn eine Frau oder ein Ehemann verschwunden war. Man verbuchte das eher unter der Rubrik heftiger Streit, tauchte doch der vermisste Ehepartner nach ein paar Tagen meist wieder auf. Wenn allerdings ein Kind im Spiel war, dann war das etwas anderes. Was auch immer geschah – die Öffentlichkeit würde in einem solchen Fall keine Nachlässigkeit dulden. Nein, was Kinder betraf, ging man kein Risiko ein.

Daher musste sich Lecoq den ganzen Tag lang unzählige Fragen anhören und war völlig erschöpft und nicht wirklich er selbst, als Youssef ihn am Abend auf dem Gehsteig ansprach. Letzterer hütete sich, alles sofort weiterzuerzählen, sondern redete nur mit Malika. Am nächsten Morgen schickte er Arnaud eine Nachricht, in der er ihm mitteilte, dass sie beide an ihn dächten und ihm einen schnellen und glücklichen Ausgang der Angelegenheit wünschten. Lecoq hatte gerade noch die Zeit zu antworten, bevor man ihn in Polizeigewahrsam nahm.

Daraufhin redeten die Benanis doch. Die Neuigkeit verbreitete sich wie ein Lauffeuer. Es ging so schnell, dass Patrick und Cécile noch für denselben Abend ein Treffen anberaumten, um den Stand der Dinge zu besprechen. Als ich nach oben ins Schlafzimmer kam, um dir die Situation darzulegen, bist du aus deiner Lähmung erwacht und hast erklärt, dass du mitkommen würdest. Ich half dir die Treppenstufen hinunter, dann nahmst du meinen Arm, um den Graben zu überqueren. Humpelnd kamen wir im Wohnzimmer der Taupins an. Unsere Nachbarn waren alle schon da. Sie hatten Wein mitgebracht, und Franck Lemoine öffnete sofort eine Flasche, um uns etwas auf die Sprünge zu helfen.

»Ja, Arnaud redet nur von unwichtigen Details. Es sei denn, er versucht uns absichtlich in die Irre zu führen«, fing Romuald an.

Romuald liebte Annabelle sehr. Er hatte ihr am laufenden Band Komplimente für ihre »durchgeknallten« Outfits und ihren »scharfen« Verstand gemacht, und ich musste mich an meinem Stuhl festklammern, um nicht jedes Mal, wenn er diesen Unsinn von sich gab, hintenüberzukippen.

»Immer verdächtigt man den Ehemann zuerst«, meinte Ines aufmüpfig, die das Thema offensichtlich an einer empfindlichen Stelle traf. »Vor allem, wenn es Streit gegeben hat, liegt das ja förmlich auf der Hand. Tja, ich hab diesem Typen nie vertraut«, meinte sie beschwichtigend, um es sich mit niemandem zu verderben, falls Arnaud wirklich etwas damit zu tun hatte.

Wir diskutierten einige Indizien, suchten nach Vorzeichen. Da wir abgesehen von den Lecoqs die Einzigen waren, die nicht im Sommerurlaub gewesen waren, wandten sich schließlich alle uns zu und wollten wissen, ob wir nichts Verdächtiges bemerkt hätten. Nun war aber in unseren Augen alles, was die Lecoqs taten, von vornherein verdächtig. Um die Aufmerksamkeit jedoch nicht unnötig auf uns zu lenken, wiegelten wir ab. Mit einer durch die Medikamente gestärkten Stimme erzähltest du vom Bau der Terrasse, auch, dass wir einige Streits mitbekommen hätten, die zugegebenermaßen heftig gewesen seien, aber welches Paar bekomme sich nicht in die Haare, wenn derartige Arbeiten anstehen? Ich nickte und fügte hinzu, dass ich mich trotz allem fragte, wo der kleine Labrador geblieben sei.

»Stimmt! Man hat den Hund lange nicht mehr gesehen«, rief Romaric dazwischen, so als ob ihm das erst in diesem Moment aufgefallen wäre, obwohl er noch im Juli, als er von Toupie erfuhr, ein langes Gesicht gezogen hatte, war doch der Welpe eine unfaire Konkurrenz für seinen dämlichen Foxterrier.

»Erinnert ihr euch an den Kater?«, schaltete sich

Aude Lemoine, die sonst nie etwas sagte, plötzlich ein. Alle starrten sie an, so als ob sie den Finger auf einen erdrückenden Tatbestand gelegt hätte.

»Lasst uns nichts überstürzen«, lenkte ihr Mann ein, der bereits betrunken war und bei dem der Alkohol oft einen fragwürdigen Humor aktivierte. »Noch haben wir Annabelles zersägte Leiche nicht gefunden.«

Aude warf ihm einen eisigen Blick zu, und Franck nahm sich wieder zusammen. Er war ein äußerst gutaussehender Mann, sportlich und sympathisch, solange er sich von der Flasche fernhielt.

»Im Augenblick gibt es keinerlei Grund anzunehmen, dass ihr irgendetwas zugestoßen ist«, meinte Malika. »Und wenn Annabelle das Bedürfnis hatte, für einige Zeit von der Bildfläche zu verschwinden, hatte sie bestimmt einen guten Grund«, fügte sie in feierlichem Ton hinzu.

»Ich habe mich schon gefragt, ob Arnaud gewalttätig werden könnte«, meinte Cécile zögernd, und Malika machte deutlich, dass sie sich dieselbe Frage auch gestellt hatte.

»Ihr habt kein Recht, etwas Derartiges zu behaupten, ohne irgendeinen Beweis zu haben«, ereiferte sich Patrick. »Dieser Typ ist ein Idiot, das wissen alle, aber das heißt noch lange nicht, dass man ihn verleumden darf!«

»Wir stellen keine Behauptungen auf, wir reden nur«, entgegnete Cécile trocken.

»Jedenfalls war sie eine wirklich schöne Frau«, meinte Franck Lemoine träumerisch und schenkte sich noch mehr Wein ein.

Da die Unterhaltung abzudriften drohte, drängten diejenigen, die weniger getrunken hatten, die anderen zur Tür. Du nahmst meinen Arm, wir gingen nach Hause, wo du dann sofort nach oben und schlafen gingst. Ich blieb noch eine Weile unten. Im Garten beschien ein dunstiger Mond unsere versteinerten Pflanzen und die verlassenen Möbel. Ich zog die Vorhänge zu, um diese Szenerie des Verfalls nicht länger sehen zu müssen, dann ging ich zu dir nach oben. Ruhig atmend lagst du neben mir, im Tiefschlaf. Um selbst auch einschlafen zu können, stellte ich mir verschiedene Konstellationen vor, unter anderem, wie unsere Nachbarn gerade genau dasselbe taten, wie sie schön in ihren warmen Betten lagen und sich die verrücktesten Dinge ausmalten, tief im Inneren jedoch davon überzeugt waren, dass Annabelle bald, mit einem breiten Grinsen im Gesicht und einer plausiblen Erklärung, zurückkommen würde.

23

Arnaud Lecoq kam am übernächsten Tag zurück. Er war blass und nervlich am Ende. Eine weitere Nacht verging, bevor er wieder vor die Tür trat. Er versuchte, klammheimlich in die Agentur abzuhauen, doch Patrick fing ihn ab und zwang ihn, die neuesten Neuigkeiten preiszugeben. Nur, dass es keine gab. Niemand wusste, wo Annabelle war, das war alles. Lecoq schüttelte den Arm ab, der auf seinem lag, stieg ins Auto und ließ Patrick mit baumelnden Armen am Gehweg stehen. Cécile beschimpfte ihren Mann vom Fenster aus. Er hätte sie das machen lassen sollen. Dann wären jetzt alle besser informiert. Wir mussten also abwarten, bis Lecoq am Abend von Malika vor seinem eigenen Briefkasten dingfest gemacht werden konnte, während ich meine Topinamburs schälte, und sich endlich erklärte.

Er sei nicht schuldig, wenn das die Frage war. Er konnte es gar nicht gewesen sein, es war physisch unmöglich. Und auch wenn er überhaupt keinen Grund hatte, sich zu rechtfertigen, würde er das Wie und Warum erklären, denn alle, die hier in dieser Allee wohnten, seien dermaßen neugierig, dass sie einander nicht nur belästigten, sondern zudem ständig die Nase in die Angelegenheiten der anderen steckten und ihnen auf die Pelle rückten, um Informationen herauszupressen. Lecoq war außer sich.

Das Schälen der Topinamburs ist eine lästige Angelegenheit. Die Leute haben sie im letzten Krieg gegessen, weil es nichts anderes zu beißen gab. Und auch wenn man gerade erst den feinen Geschmack dieser alten Gemüsesorte wiederentdeckt hat, ist doch auch begreiflich, warum sie so lange vergessen war. Ich hatte noch nie zuvor Topinambur zubereitet. Ich sah es als Herausforderung an. So bekam ich auch mit, inwiefern Arnaud unschuldig war.

Annabelle hatte eine erholsame Woche bei ihrer Mutter verbracht. Man hatte Guilaine befragt, man hatte Francis befragt und auch Madame Parlax, die Nachbarin von Guilaine und Francis. Alle hatten bezeugt, dass sie die Tage im Wesentlichen spielend und lachend mit Leo im Garten verbracht habe. Madame Parlax hatte zudem angemerkt, dass Annabelle wirklich viel gelacht habe. Einmal sei es ihr sogar unangenehm gewesen, aber nicht so sehr, dass sie ihr Böses wünschte, habe sie schnell hinzugefügt.

Dann, am frühen Nachmittag des sechsten September, hatte sich Annabelle auf den Weg in Richtung Paris gemacht. Die Überwachungskameras der Shell-Tankstelle von Auxerre hatten bezeugt, dass sie sich zwischen 16:43 Uhr und 17:17 Uhr im Shop aufgehalten hatte. Man konnte sehen, wie sie erst mit Leo zur Toilette gegangen war, sich dann ein Heißgetränk am Automaten gekauft hatte und anschließend zwischen den Regalreihen entlangschlenderte. Daraufhin hatte sie sich wieder ans Lenkrad gesetzt und um 18:12 Uhr ihre EC-Karte an der Mautstelle von Fleury-en-Bière benutzt. Dann aber verlor sich ihre Spur. Annabelle hätte zwischen Fleury und dem Stadtrand jede beliebige Ausfahrt nehmen können, doch ihr Auto ist nirgends aufgetaucht. Allerdings fand man ihr Telefon und ihre EC-Karte. Ein Kind hatte beides bei einer brachliegenden Baulücke im Capsulerie-Viertel in Bagnolet bei Seine-Saint-Denis gefunden. Der Junge hatte sie seiner Mutter gegeben, die nicht wusste, was sie damit anfangen sollte und sie im Supermarkt abgab, wo man dann wiederum die Polizei verständigte.

Nun fanden sich in dieser apokalyptischen Gegend abseits der A3, in der es neben verfallenen Hochhäusern und Baustellen wenig gab, viele Personen, die man befragen konnte. Es war ein bekannter Umschlagplatz für diverse Dealer. Wenn sie etwas über die hübsche weiße Mieze und ihren Jungen zu sagen wussten, wollten sie – als Gegenleistung dafür, dass sie redeten – in Ruhe ihren Geschäften nachgehen können. Man hatte alle in die Mangel genommen, die etwas hätten wissen können, doch niemand, der mit Annabelles Foto konfrontiert wurde, hatte eine solche Tussi hier je zuvor gesehen, das schworen sie felsenfest.

Die Polizei war dann schnell zu der Überzeugung gelangt, dass Annabelle nie einen Fuß in das Capsulerie-Viertel gesetzt hatte. Mit Sicherheit war sie woanders überfallen worden – es sei denn natürlich, dass sie beschlossen hatte, freiwillig zu verschwinden –, bevor sie ihre Habseligkeiten an einem Ort ablegte, an dem das Verbrechen im Verbrechen versinkt.

Blieb noch Arnaud. Was hatte er zwischen dem Moment, als Annabelle das Haus der Mutter verlassen hatte, und 00:05 Uhr, als er die Polizei anrief, getan? Tatsächlich war sein Tagesablauf lückenlos. Bis zwanzig Uhr war er in der Agentur gewesen, was mehrere Kunden bestätigten. Am Abend hatte er noch ein Angebot für eine Erdgeschosswohnung in einem Gebäude gegengezeichnet, das sich gegenüber vom Bahnhof befand, dessen Gemeinschaftsräume langsam verfielen und wo das Dach nicht mehr wasserdicht war. Es handelte sich hier um einen unverhofften Verkauf, doch der Käufer setzte darauf, dass seine Investition sich dadurch rentieren werde, dass er die Wohnung an arbeitende Immigranten vermietete. Arnaud machte sich darüber keinerlei Gedanken, versicherte er Malika gegenüber.

Da Lecoq zu diesem Zeitpunkt noch immer nichts von seiner Frau gehört hatte, beschloss er, auswärts zu essen. Er war ins Voltigeur gegangen und hatte sich ein Stück Lende bestellt, als ihm Franck Lemoine, der gerade mit dem RER aus seinem Krankengymnastikstudio zurückkehrte, von der Straße aus grüßte. Arnaud lud ihn ein, sich zu ihm zu setzen. Die beiden Männer kamen ins Gespräch, und Lemoine informierte seine Frau, dass er nicht zum Essen nach Hause kommen würde.

Bis halb zehn hatte man sie dort gesehen, vertieft in eine angeregte Plauderei. Danach verließen sie das Lokal, gingen aber nicht sofort in Richtung Allee, denn Aude Lemoine sah ihren Mann nicht vor Mitternacht wieder. Also hatte Lemoine gestanden. Er verriet der Polizei gegenüber den Ort, an dem er sich in der Zwischenzeit mit Lecoq aufgehalten hatte, die Ermittlungsbeamten waren dem nachgegangen und schienen zufrieden zu sein, doch Arnaud würde Malika diesen Ort nicht preisgeben, denn Madame Lemoine würde es gar nicht gefallen, wenn sie davon erführe, nein, ganz und gar nicht, und er, Lecoq, sei, im Unterschied zu allen anderen Bewohnern der Allee, taktvoll, also nein, sie solle nicht damit rechnen, dass er petzen werde.

Als er mit seinem Bericht am Ende war, ergriff Malika seine Hände und versicherte ihm, dass sie mit Youssef für Annabelles baldige Rückkehr beten werde. Dann fragte sie ihn, wo der kleine Labrador abgeblieben sei.

»Im Tierheim«, entgegnete Arnaud. »Als ob ich derzeit noch einen Hund gebrauchen könnte.«

Ich war mit dem Schälen der Topinamburs fertig. Ich legte sie in den Topf, in dem ich eine Zwiebel angeschwitzt hatte, und fügte noch ein paar Kartoffeln und einen Spritzer Olivenöl hinzu. Während das Gemüse kochte, schenkte ich mir ein Glas Wein ein. Dann pürierte ich alles im Mixer und holte dich aus dem Schlafzimmer. Die Suppe war sehr köstlich. Nach ein paar Löffeln erzählte ich dir, was ich durch das offene Fenster mitbekommen hatte. Ich war fast fertig mit meinem Bericht, als auf einmal fünf Polizisten – der Franko-Afrikaner, die Blonde, der unscheinbare junge Typ und zwei neue – vor unserem Fenster vorbeigingen und bei uns klingelten. Ich machte die Tür auf, doch sie wollten zu dir. Im Folgenden bemühte ich mich vergebens zu erklären, dass du nicht in der Verfassung seiest, sie zu begleiten, ich flehte sie an, mitkommen zu dürfen, doch sie wollten nichts hören, und legten dir Handschellen an.

24

Ich brach inmitten der Umzugskartons zusammen. Am darauffolgenden Tag forderte man mich auf, zur Polizei zu kommen. Die Befragung dauerte den ganzen Tag, danach schickte man mich wieder nach Hause, aber schlafen konnte ich noch immer nicht. Da die Heizkörper nicht funktionierten, holte ich die Winterjacken aus einem Koffer, zog mich warm an und aß, während ich wartete, ab und zu einen Zwieback. Nach zwei Tagen wurde mir mitgeteilt, dass der Polizeigewahrsam nun beendet sei und stattdessen die Untersuchungshaft begonnen habe. Ich solle darüber nachdenken, dir einen Anwalt zu beschaffen. Woher ich den nehmen sollte, war mir nicht klar. Ich rief Serrier an.

Seit ihrer Rückkehr aus dem Urlaub hatte sie mir drei Nachrichten hinterlassen, da sie sich Sorgen um dich machte, nachdem du nicht zum üblichen Termin erschienen warst. Ich hatte ihr daraufhin über den Anrufbeantworter mitgeteilt, dass wir mit einem erneuten Umzug beschäftigt seien und einen weiteren Termin vereinbaren würden, sobald es möglich sei. Sie bestand jedoch darauf, dich zu sehen, woraufhin ich in meiner nächsten Nachricht ruhig wiederholte, ja, sobald es uns möglich sei, und dass sie sich noch etwas gedulden möge.

Schon nach dem ersten Klingeln nahm Serrier ab. Sie hörte mir schweigend zu, dabei wirkte sie zunächst beleidigt, dann skeptisch. Das regte mich auf. Ich sagte ihr, dass sie, wenn sie mir nicht glaube, ganz einfach im Internet nachlesen könne, dass man nach einer gewissen Annabelle Lecoq, siebenundzwanzig Jahre alt, sowie ihrem dreijährigen Sohn Leo suche, und dabei würde sie zugleich feststellen, dass Charles Caradec in einer Zelle schmore, da er verdächtigt werde, in die Angelegenheit verwickelt zu sein. Gewiss, man habe bislang keine Leiche gefunden, aber es gebe eine Reihe von Indizien, die seine Inhaftierung rechtfertigten. All das sagte ich ihr und fügte hinzu, dass ich mich darüber wunderte, dass sie offensichtlich keine Zeitung lese, zumal die Sache wegen des Verschwindens eines Kindes ja sehr viel Wind in der Presse machte.

»Eine Reihe von Indizien«, wiederholte Serrier.

Da ich nichts sagte, forderte sie mich auf, mich nicht von der Stelle zu rühren, sie werde mich sofort zurückrufen. Eine Stunde später klingelte das Telefon. Serrier bat mich, mit ihrer Empfehlung den Rechtsanwalt Roubeau in der Avenue Georges-Mandel im sechzehnten Arrondissement von Paris aufzusuchen.

Roubeaus Sekretärin arrangierte ein Treffen für denselben Nachmittag, und sie empfahl mir, mein Scheckheft mitzubringen, da mich dieser erste Termin vierhundertfünfzig Euro kosten würde. Es war ein langer Weg bis zur Avenue Georges-Mandel. Ich musste den RER nehmen und zweimal mit der Metro umsteigen, aber ich fühlte mich wohl in der Menge, zwischen all den Augen und Ohren, von denen ich nichts zu befürchten hatte.

Der Strafverteidiger hatte seine Kanzlei in einem schönen Gebäude aus den 1930er Jahren, zwei Schritte vom Palais du Trocadéro entfernt. Eine schwere, mit schmiedeeisernen Verzierungen umrahmte Tür führte in eine weiträumige Vorhalle. Sofort fühlte man sich sehr klein. Die Kanzlei befand sich im Erdgeschoss, hinter einer Tür aus Massivholz.

Auf einer Tafel über der Klingel standen die Namen der assoziierten Anwälte.

Roubeau war um die vierzig. Er trug keine Krawatte, der oberste Knopf seines Hemdes stand offen, und er hatte einen Dreitagebart, blond, mit weißen Einsprengseln. Er sah einem direkt in die Augen, ohne dabei hart zu wirken, und lächelte wohlwollend, wenn sich die Gelegenheit bot. Roubeau nannte seine Tarife, wobei er hinzufügte, dass ich im Falle eines Sieges Anspruch auf Erstattung hätte. Ich hörte nicht auf die Einzelheiten. Ich war einverstanden. Es war in jedem Fall zu teuer, ich würde in jedem Fall bezahlen.

Den Anwalt interessierten weder meine Wut noch meine Unschuldsbeteuerungen. Er interessierte sich nur für die Fakten, und er verlangte einen ausführlichen Bericht. Ich lieferte ihm alles, was ich von der ganzen Sache wusste. Die Polizei hatte wissen wollen, wo du dich zwischen dem Moment von Annabelle Lecoqs Verschwinden und jenem Abend aufgehalten hast, als wir gemeinsam bei der Nachbarschaftsversammlung bei den Taupins waren. Das schien alles andere als kompliziert, du warst in unserem Schlafzimmer. Doch diese Antwort hatte sie nicht zufriedengestellt. Sie verlangten Beweise, und ich hatte sie angesehen wie begriffsstutzige Kinder: Wie sollte man beweisen, dass ein Mann allein in seinem Zimmer war? Sie sollten sich lieber darüber wundern, dass jemand zu einer solchen Leistung imstande sei – ob sie nie Blaise Pascal gelesen hätten?

Ich hätte das nicht sagen sollen. Daraufhin verkomplizierten sich die Dinge. Sie bombardierten mich mit Fragen, die entweder harmlos waren oder tückisch – eine Strategie, mit der sie mich fertigmachen wollten. Und tatsächlich war ich am Ende zu allem bereit. Ich hoffe, du wirst mir das verzeihen, ich bot an, alles zu gestehen, was sie hören wollten. Doch sie erwiderten, dass die Justiz nicht so funktioniere. Man könne nicht einfach ein Geständnis erzwingen, die Staatsanwälte machten sich keinen Spaß mehr daraus wie anno dazumal. Daraufhin folgte Schweigen. Sie wechselten Blicke, da sie selber nicht genau zu wissen schienen, auf welche Zeit sie sich mit dem Spruch bezogen. Letztlich waren sie zu jung, um jene Zeit erlebt zu haben, und vor Erschöpfung lächelte ich. Auch das hätte ich nicht tun sollen.

Und so drehten wir uns stundenlang im Kreis. Das berichtete ich Roubeau. Sie fanden es verdächtig, dass du tagsüber schläfst. Sie fanden es verdächtig, dass du mit zu der Versammlung gegangen bist, obwohl du, laut Zeugenaussagen, sonst nie zu einem Nachbarschaftstreffen kamst. Sie fanden einfach alles verdächtig, und sie hatten offenbar schon ihre Erklärung dafür, ohne sich nach anderen Spuren umzusehen. Alles in allem hätte auch ich mir einen Nachmittag freinehmen und Annabelle Lecoq töten und ihren Körper in einen Graben an der Côte-d'Or oder an der Yonne werfen können. Doch diese Hypothese schien sie nicht zu interessieren. Offensichtlich gab es nicht genug Indizien, um sie zu untermauern.

Roubeau sagte kein Wort, sondern beobachtete mich nur. Dann sagte er: »Gut, und jetzt lassen Sie mich meine Arbeit machen.«

25

Als ich aus der Kanzlei trat, hatte ich eine Nachricht von Nathalie, der Immobilienmaklerin, die ich mit dem Verkauf unseres Hauses betraut hatte. Sie hatte mir mehrmals signalisiert, wie schwierig es sei, einen Käufer zu finden. Unsere Bleibe hatte zweifelsohne viele Vorzüge. Doch angesichts unseres verschütteten Gartens und der Baustelle rannten sie alle davon.

Ich rief sie sofort zurück. Ohne große Umschweife teilte sie mir mit, dass es noch weitaus schwieriger werden dürfte, das Haus loszuwerden, wenn mein Mann der Entführung, Freiheitsberaubung oder wessen auch immer für schuldig befunden würde. Ich antwortete ihr, sie solle, so weit eben nötig, mit dem Preis runtergehen.

Es war trüb und windig auf der Allee. Unsere Nachbarn hatten sich in ihre Häuser zurückgezogen, was dem schlechten Wetter und der unguten Stimmung zugleich geschuldet war. Nachdem ich die Tür hinter mir geschlossen hatte, sah ich in mein Mailpostfach. Bogaert wunderte sich darüber, dass er nichts mehr von mir hörte. Als ich in meinen gesendeten Nachrichten nachschaute, stellte ich fest, dass die letzte bereits mehrere Wochen zurücklag und ich auf seine Nachfragen nicht mehr reagiert hatte. Daher schrieb ich ihm von dem beunruhigenden Verschwinden, der Festnahme, dem Anwalt. Kaum hatte ich auf Absenden gedrückt, rief er mich auch schon an.

Es sei äußerst wichtig, wieder das Ruder zu übernehmen, sagte er in seinem zögerlichen Französisch. Es könne nicht angehen, dass ich tatenlos blieb, während andere über mein Schicksal bestimmten. Ich solle mein Umfeld informieren, um Hilfe bitten. Ich begann zu weinen. Ich sagte ihm, dass wir niemanden mehr kannten. Ich hatte nur Arbeitsbeziehungen, und du hattest gar niemanden. Er entgegnete, das sei Unsinn. Jeder habe irgendjemanden, der ihm nahestehe, ich müsse mich nur erinnern.

Nachdem ich aufgelegt hatte, tat ich, was er empfohlen hatte, und ging die Namensliste auf meinem Handy durch. All diese Menschen hatte ich zumindest einmal im Leben getroffen. Und vermutlich hatte man sich jedes Mal versprochen, in Kontakt zu bleiben. Aber niemand hatte sich jemals spontan bei mir gemeldet, weil sein Partner im Gefängnis saß.

Ich wollte gerade mein Telefon ausschalten, als Klincksieck anrief. Er wollte wissen, wie meine derzeitige Situation sei, sagen wir, auf persönlicher Ebene. Mir war nicht klar, was ihn das anging, doch er fuhr fort und meinte, man müsse der Realität ins Auge sehen, Eva. Mein Mann befand sich seit mehreren Tagen in Haft, und Angelegenheiten wie diese endeten meist mit äußerst schweren Strafen. Ich antwortete, dass ich an seiner Stelle nicht derart vorschnelle Schlüsse ziehen würde. Klincksieck nahm es nicht persönlich. Im Übrigen kümmerte ihn weder deine Täterschaft noch meine. Die Mittäterschaft des Ehepartners sei immer ein heikler Punkt, theoretisierte er weiter. Habe er aus freien Stücken agiert oder sei er beeinflusst worden? Es sei ein unparteiischer Richter vonnöten, der zwischen beiden Partnern stünde, um dies feststellen zu können, denn Paare bildeten meist einen unentwirrbaren Knoten, der Dritte ausschloss.

Ich klammerte mich an einem Karton fest. Klincksieck sagte nichts mehr. Ich konnte hören, wie er am anderen Ende der Leitung nachdachte, ein bisschen zu lange vielleicht. Er holte tief Luft und erklärte mir dann, dass er keine Wahl habe. Es stünde zu viel auf dem Spiel für die Leitung der Stadtplanung, finanziell gesehen, aber auch, was ihr Image anging, das Ganze könnte schlecht ankommen in der Öffentlichkeit. Konkret gesprochen, ich solle mich zurückziehen, Bogaert werde meinen Part übernehmen.

Ich traute meinen Ohren nicht. Ich dachte an die Monate der Planung, an die endlosen Verhandlungen, um alle Parteien an einen Tisch zu bekommen, an all die lästigen Details, um die ich mich kümmern musste, und ich sah vor mir, wie Bogaert am Ende sämtliche Lorbeeren allein ernten würde, während meinen Namen niemand mehr kannte. Doch Klincksieck hatte längst aufgelegt.

Während unseres Telefonats hatte Nathalie eine neue Nachricht hinterlassen. Sie habe soeben mit jenem Paar gesprochen, das vor ein paar Tagen unser Haus besichtigt hatte, und ihm signalisiert, dass der Preis um zwanzig Prozent gesunken sei. Sie hätten eingewilligt, die Sache sei unter Dach und Fach.

Ich rief Bogaert zurück. Ich sagte ihm, dass ich mich aus dem Projekt zurückziehen würde, aber eine Wohnung bräuchte, er müsse mir seine Zweitwohnung in Gambetta zur Verfügung stellen. Bogaert zögerte einige Minuten und wollte widersprechen. Auf einmal hatte ich die Nase gestrichen voll, ich schrie ihn dermaßen laut an, dass er einlenkte und sagte, ich solle seine Hausmeisterin anrufen, die mir die Schlüssel aushändigen werde.

Eine Woche später unterzeichnete ich den Vorvertrag und kündigte Stromversorgung und Internet. Die Umzugsleute brachten unsere Sachen zum Möbellager. Die Ringelblumen vermachte ich Cécile. Dann zog ich bei Bogaert ein.

26

Es war eine Dreizimmerwohnung mit Blick auf den Friedhof, der eingetaucht lag im schieferfarbenen Licht des Herbstes. Die hohen Bäume, die über die Toten wachten, färbten sich braun. Ihre Blätter lösten sich und berührten zärtlich die Gräber, fegten über die Fensterscheiben, an denen der Regen immer wieder lange Tränenspuren zurückließ. Ich bewegte mich zwischen den mit Büchern vollgestellten Wänden. Sogar in Küche und Badezimmer gab es Bücherregale, die einer ebenso geheimen wie präzisen Ordnung gehorchten.

Die Wohnung hatte nichts von ihrem Nachkriegsstil verloren. Alles hier wirkte veraltet, vom antiken Boiler, bei dem ich jedes Mal, wenn er beim Duschen ansprang, fürchten musste, dass er das Haus in Brand setzte, bis hin zum Vorratsschrank, der in die Küchenwand eingelassen war und in dem die Hausfrauen vor der Erfindung des Kühlschranks ihre Schätze horteten. Dafür gab es vorzügliche Lebensmittelgeschäfte in der Nähe. Ich schaute jedes Mal dort vorbei, bevor ich wieder nach oben ging, um das langsame Sterben der Blätter zu beobachten. Und um zu warten. Ich ernährte mich von Eiern in Aspik, Kartoffelsalat, Fertiggerichten für Singles – denn das war es, was ich nach dreißig Jahren wieder geworden war. Ich hatte nichts mehr mit jener Frau gemein, die damals mit dir zusammen in Paris lebte, die von einem besseren Leben träumte in einem Haus, das uns allein gehörte, und die dann von dunklen Mächten aus ihrem Traum verjagt wurde. Ich war eine einsame

Frau, die in einer fremden Küche saß, Kartoffelsalat aß und darauf wartete, dass sie ihr früheres Leben zurückbekam oder zumindest irgendein anderes, das erträglicher war.

Und dieses Wunder erhoffte ich mir von Anwalt Roubeau. Bis jetzt hatte er es noch nicht vollbracht. Dafür hatte er ein paar Informationen zusammengestellt, die er mir geduldig vortrug. Zunächst einmal hatte er dich besucht. Es ging dir nicht gut, nein, das konnte man wirklich nicht behaupten. Die Polizei hatte dich in jederlei Hinsicht mürbe gemacht. Und da du versucht hast, dich an einer Zellenwand selbst zu verletzen, hatte man dich angeschnallt. Ich könne dich besuchen, aber es müsse immer ein Polizeibeamter mit dabei sein, wir könnten schließlich nicht einfach so über alles Mögliche reden.

Ich antwortete, dass ich das nicht wolle. Was ich wollte, war, endlich Licht in diese Angelegenheit zu bringen und dass man mir mein früheres Leben zurückgab oder zumindest ein anderes, das erträglicher war. Doch Roubeau bestand darauf, dass ich dich besuchte – und sei es nur, um die öffentliche Meinung zu beschwichtigen. Die Leute müssten wissen, dass die Ehefrau solidarisch ist, dass sie felsenfest an die Unschuld ihres Mannes glaubt. Ich würde also mit ihm zusammen hingehen, ganz gleich, was im Besucherzimmer gesagt würde, wenn nur alle wüssten, dass ich da gewesen war, ja, dass ich oft da gewesen war.

Danach musste er mir ein paar nicht besonders erfreuliche Dinge mitteilen. Jemand hatte dich angezeigt. Anfang des Sommers hatten ein paar Nachbarn gesehen, wie du mit der Elektrosäge der Taupins die Straße überquert hast. Du bist aber gar kein Handwerker. Es war allgemein bekannt, dass du entweder im Liegestuhl oder oben im Schlafzimmer lagst und schliefst. Wenn jemand spontan vorbeikam und etwa nach Kaffee fragte oder kurz die Mikrowelle benutzen wollte, hörte man kaum ein paar Schritte in der oberen Etage. Ja, etliche Nachbarn hatten bezeugt, dass du nie irgendwelchen handwerklichen Tätigkeiten nachgingst. Und dennoch bist du an einem Nachmittag im Juli zu den Taupins gegangen und hast dir die Elektrosäge ausgeliehen. Sie ist längst wieder an ihrem Platz, dahingehend kann man dir nichts vorwerfen, aber seltsam war das schon.

Und dann sei ihm zu Ohren gekommen – und ich bitte Sie, Madame Caradec, zeigen Sie keine unangebrachte Scham –, ihm sei zu Ohren gekommen, dass Sie eine Affäre mit Monsieur Lecoq hatten, Madame Caradec. Mehrere Nachbarn haben beobachtet, dass Sie mehrfach in Abwesenheit seiner Ehefrau bei ihm waren. Man hat gesehen, wie Sie hingingen und wie Sie wieder weggingen, mit roten Wangen und zerzausten Haaren. Vor allem aber habe ich erfahren, dass Monsieur Caradec in Kenntnis dieses Umstands war. Man hatte es mitbekommen, weil an einem Abend im Juni jemand an Ihrem Küchenfenster vorbeikam, und Sie ausgerechnet in diesem Moment mit Ihrem Mann in dieser Küche saßen, Madame Caradec, und Ihrem Mann gestanden, dass Sie einen Fehler begangen und nun Angst hätten, verrückt zu werden und ihn anflehten, Sie zu schlagen. Man habe jedoch nicht gehört, wie er Sie geschlagen hat, sondern nur, wie er wortlos ins Schlafzimmer hinaufging, wo ein paar Sekunden später das Licht eingeschaltet wurde, während Sie unten in der Küche weinten.

Kurzum, es gibt diesen zweiten, etwas irritierenden Punkt, Madame Caradec. Aber es gibt noch einen dritten. Und dieser dritte Punkt ist, dass Monsieur

Caradec keineswegs in seinem Zimmer war, als Annabelle Lecoq verschwunden ist. Er war in Auxerre. Die Überwachungskamera in der Bank BNP-Paribas habe bezeugt, dass er sich zwischen 14:10 Uhr und 14:38 Uhr dort aufgehalten hat, es wäre daher gut, Madame Caradec, wenn wir uns ein wenig mit diesem Punkt befassen könnten.

Die Polizei hatte mir gegenüber bereits von der BNP in Auxerre gesprochen. Ich fand diesen Punkt nicht sonderlich interessant. Nur weil wir einen bretonischen Namen haben, stellen sich die Leute immer vor, dass du aus Quimper oder Saint-Pol-de-Léon stammst. Dabei bist du in Burgund aufgewachsen, in der Nähe von Sens. Und weil wir kaum Kontakt zu unserer Familie haben, denken sie außerdem, wir hätten keine. Dabei hast du sehr wohl eine Mutter, sie ist zweiundneunzig Jahre alt und lebt in einem Pflegeheim in einem Vorort von Auxerre. Du besuchst sie ab und an, und bei der Gelegenheit schaust du auch gleich bei ihrer Bank vorbei, weil du eine Vollmacht besitzt, daran kann ich nichts Verdächtiges erkennen, Herr Roubeau.

»Es ist dennoch ein merkwürdiger Zufall«, entgegnete der Anwalt.

»Was kann ich dafür, dass mein Mann ausgerechnet an dem Tag zur BNP geht, als Annabelle Lecoq beschließt zu verschwinden«, antwortete ich trocken.

Roubeau empfahl mir, einen anderen Ton anzuschlagen. Es störe ihn nicht, nein, er sei es gewohnt, von Menschen umgeben zu sein, die nervlich am Ende waren. Aber die öffentliche Meinung, Madame Caradec, die öffentliche Meinung. Ich müsse wissen, dass Prozesse heutzutage zur Hälfte im Gerichtssaal stattfanden und zur anderen Hälfte draußen auf der Straße, vor den Fernsehkameras. Ich wollte schon wieder protestieren, da man ja nicht einmal eine Leiche gefunden habe, aber alle schienen sich einig zu sein, dass Annabelle tot war. Und ich hätte hundertmal behaupten können, dass sie quicklebendig ist, ich wäre die Einzige gewesen, und außerdem wusste ich es nicht. Also ließ ich es bleiben. Stattdessen entgegnete ich, dass es in der Tat ein schöner Zufall sei, beziehungsweise ein dummer, und dass das Leben voller Überraschungen sei und dass Roubeau bestimmt nicht so gut bezahlt würde, wenn er einen einfachen Beruf hätte.

Der Anwalt fuhr fort, wohlwollend zu lächeln. Im Augenblick sei Madame Caradec senior etwas durcheinander, aber man werde sicher bald herausfinden, ob du an ihrem Bett warst und was du an jenem Tag in der Bank gemacht hast. Was ihn viel mehr interessiere, sei die Frage, warum wir beide, du und ich, gelogen hätten, jeder für sich, indem wir beide behaupteten, du hättest, wie sonst auch, gar nichts gemacht und in deinem Zimmer gelegen, während du in Wahrheit das Auto vom Supermarktparkplatz geholt und hundertfünfzig Kilometer bis nach Auxerre gefahren bist.

Und es stimmt, dass ich mir dieselbe Frage auch gestellt habe. Ich habe mich gefragt, warum du an jenem Tag ins Auto gestiegen bist, wo du doch seit Ewigkeiten nicht mehr gefahren bist, warum du meine Abwesenheit ausgenutzt und trotz der Medikamente aus deinem Bett aufgestanden und klammheimlich nach Auxerre gefahren bist. Aber davon habe ich Roubeau nichts gesagt. Ich sagte ihm nur, dass ich mich im Tag geirrt hätte. Man kann leicht mal einen Fehler machen. Ja, bei dem Umzugsstress habe es leicht passieren können, dass ich mich im Datum irre.

27

Zu guter Letzt fühlte ich mich bei Bogaert doch ganz zu Hause. Das Bett, der Ausblick, die Geschäfte wurden zu meinen eigenen. Ich aß stehend in der Küche, stocherte in einer Plastikschale herum, ohne die fettige Verpackung ganz abgemacht zu haben. Die restliche Zeit verbrachte ich damit, die Buchtitel zu lesen oder bewegungslos auf dem Balkon zu sitzen. Eigentlich machte ich gar nichts. Zum ersten Mal schien es mir möglich, das ganze Leben damit zu verbringen, ein Zimmer zu erkunden. Die Sonne fiel in unterschiedlichen Winkeln herein, je nachdem, wie spät es war. Ich beobachtete ihr Wandern auf dem Parkett und entdeckte nebenbei kleine Splitter und Auskerbungen im Holz und stellte Thesen darüber auf, wie und wann sie entstanden waren.

Cécile fragte per SMS, was es Neues gebe. Ich antwortete ihr mit den Tatsachen. Es gebe nichts zu berichten aus Gambetta. Der Anwalt mache einen vertrauenswürdigen Eindruck. Du würdest bald schon freigelassen werden. Da ihr meine Antworten nicht genügten, rief sie mich an. Arnaud Lecoq lasse sich fast überhaupt nicht mehr blicken, berichtete sie. Er verlasse in aller Herrgottsfrühe das Haus und komme so spät wie möglich zurück. Wer weiß, welche Immobilien er um diese Zeit verkaufte. Aber die Polizei schien sich nicht dafür zu interessieren. Cécile habe sich gewundert und dies auch den Ermittlungsbeamten, die die Nachbarn befragt hatten, gegenüber geäußert, aber sie hätten ihr geantwortet, dass sie wüssten, was sie zu tun hätten, junge Dame.

Alle unsere Nachbarn mussten ihre Fragen beantworten. Auch die Medien hatten ihnen zugesetzt. Auf den Nachrichtensendern wurden Reportagen gezeigt, in denen Ines, Romuald und Romaric sowie die Bohats zu sehen waren, wie sie vor ihren Häusern standen. In emotionalen Worten beschrieben sie, wie friedlich und gesellig das Viertel eigentlich sei und wie außerordentlich gut sich alle Nachbarn hier verstünden, berichteten aber auch von Personen, die sich nie wirklich hatten integrieren wollen und von denen man weder wusste, was sie mochten, noch, was sie so trieben.

An der ganzen Geschichte sei auch etwas Komisches, meinte Cécile. Als nämlich die zarte Aude Lemoine erfahren hatte, wohin ihr Mann mit Lecoq am Abend von Annabelles Verschwinden gegangen war, sprach sie tagelang mit niemandem mehr auch nur ein Wort und verdaute erst einmal den Schock. Dann änderte sie offensichtlich ihre Haltung und fing an, mit aller Welt darüber zu reden. Vor den Briefkästen, am Kompostbecken, im Supermarkt. Diese sonst so zurückhaltende Frau erging sich geradezu in Vertraulichkeiten. Sie hatte ohnehin nichts mehr zu befürchten, sie hatte die Scheidung eingereicht. Ja, Lemoine habe sowieso nie wirklich eine Erektion bekommen, es sei geradezu ein Wunder, dass sie zweimal schwanger geworden war. Und außerdem hatte er zweifach gelogen. Es war keineswegs ein Zufall gewesen, dass er am Abend von Annabelles Verschwinden im Voltigeur auf Arnaud Lecoq traf. Die beiden Männer hatten sich verabredet. Sie hatten vereinbart, dass sie gemeinsam in einen Privatclub gehen würden, wo sie sich einige Zeit vorher zufällig über den Weg gelaufen waren und eine heimliche Gemeinsamkeit entdeckt hatten. Nach einer Flasche Wein hatte Lemoine seiner Frau alles gestanden, er war nicht in der Lage, etwas für sich zu behalten, wenn er getrunken hatte. So geschah es, dass sich Aude Lemoine komplett betrogen fühlte: Hätte sie gewusst, dass sie einen Homosexuellen heiraten würde, hätte sie sich das gespart, vielen Dank auch.

Ich fand die Geschichte nicht gerade amüsant. Ich musste daran denken, wie ich mich drei oder vier Monate zuvor, in einem anderen Leben, aller meiner Kleider in Anwesenheit von Arnaud Lecoq entledigt hatte. Ich überlegte, was es bei ihm so einfach machte, alle Grenzen zu überschreiten, seine Art, alles zu riskieren und dabei so zu tun, als sei nichts, diese spontane Verfügbarkeit, ohne Gewissensbisse, ohne Konsequenzen. Natürlich sagte ich davon nichts gegenüber Cécile. Stattdessen biss ich die Zähne zusammen, und um das Gespräch zu beenden, akzeptierte ich sogar, sie in der darauffolgenden Woche auf einen Kaffee in Gambetta zu treffen.

Ich werde dich nicht anlügen. Jedes Mal, wenn ich dich im Gefängnis besucht habe, hast du mir Angst gemacht. Natürlich trug die Kulisse das ihre dazu bei, ein schmutzig weißer Raum, der von einem schurkischen Architekten entworfen worden war, mit Fenstern, die von Hunderten bitterer Nägel zerkratzt waren, feucht vom Atem aus all den Mündern, die sich vergeblich aufeinander zubewegt hatten, um auf eine Wand aus Eis zu treffen. Dazu der unbewegliche Polizist in der Ecke, der sein Gehalt dadurch verdiente, dass er während der Dienstzeit alle menschlichen Gefühle aus seinem Gewissen eliminierte – ich hoffte, dass seine Frau ihn quält, dass er drei kleine Kinder hat und bis zum Hals verschuldet ist.

Du warst kein schöner Anblick. Alles, was in dir sonst rigoros gegen die Schwerkraft ankämpfte, dein

Geist, dein Fleisch, deine Schultern, hat sich erweichen lassen. Benommen vor Wut warteten wir ab, dass es vorüberging. Weder du noch ich wollten diese von feindseligen Automaten bewachten Besucherzimmer. Roubeau zwang uns dazu. Nach drei Besuchen sagte ich ihm, dass ich nicht mehr hingehen würde. Egal, was die öffentliche Meinung dazu sagte, ich würde nicht die ganze Arbeit für ihn machen.

Dann wollte Bogaert, dass wir uns sehen. Da er für eine Sitzung nach Paris kam, schlug er vor, dass wir uns in einem Lokal in der Nähe vom Gare du Nord träfen, kurz bevor er wieder in seinen Thalys stieg. Während der Busfahrt betrachtete ich die schwärzlichen Fassaden und die graugrüne Oberfläche des Kanal Saint-Martin. Sicher würde er verlangen, dass ich das Feld räume, ihm seine Wohnung zurückgebe oder wenigstens Miete bezahle. Aber das war völlig ausgeschlossen. Roubeau kostete mich ein Vermögen. Ich hatte keinen Cent mehr für irgendetwas.

Im Eingangsbereich des Restaurants türmten sich Berge von Austern und Krebsen mit zusammengebundenen Scheren. Bogaert erwartete mich an einem der hinteren Tische. Er hatte sich einen grünen Tee bestellt und war ganz er selbst: herzlich, offen. Ich vermied es, ihm länger in die Augen zu sehen und bestellte mir ein Glas Wein. Natürlich hielt er dich für unschuldig. Noch nie hatte sich ein schwer Depressiver auf einmal in einen Mörder verwandelt. Oder vielmehr doch, man hatte dies sogar schon oft gesehen, aber ganz sicher warst du nicht so ein Fall. Jedenfalls kam die Justiz hier nicht weiter, hielt er für nötig mir mitzuteilen und schenkte sich Tee nach, Gott weiß, dass sie nicht unfehlbar war, weder in seinem noch in meinem Land. Und wie sollte ich ohne dich leben, fragte er beunruhigt, allein die Vorstellung ließe ihn erzittern – er konnte sich sein Leben jedenfalls nicht ohne Sigrid vorstellen.

Ich fragte mich, was Sigrid mit der ganzen Sache zu tun hatte. Dann musste ich daran denken, wie Bogaert im vergangenen Sommer in seiner Villa an der Côte d'Azur gesessen hatte und, nachdem er den ganzen Tag gesurft und mit dem Mountainbike durch die Pinienhaine gefahren war, sich dann mit seinem Handy in einem Winkel verkrochen hatte, während seine Frau Käsesandwiches zubereitete und seine pubertierenden Söhne in ihren Zimmern masturbierten. Ja, ich konnte mir sehr gut vorstellen, wie er sich ein paar aufregende Sekunden verschaffte, indem er die Basis für geheime Rendezvous schuf, denen er im Übrigen keinerlei Bedeutung beimaß, denn, auch wenn Nicolaes Bogaert den Geschmack des Abenteuers durchaus zu schätzen wusste, so war ihm doch sein komfortabler Lebensstil das Allerwichtigste.

Also fragte ich ihn nach seinen Söhnen. Es habe den Anschein, dass dieses kritische Alter auch für die Eltern ein heikler Moment sein konnte. Dabei hoffte ich, dass sie – wie hießen sie noch gleich – ihm nicht allzu sehr einheizten. Doch Bogaert hatte kein Interesse daran, sich über seine Nachkommenschaft auszulassen. Stattdessen kam er, wie ein Wiederkäuer zur Futterkrippe, wieder auf meine Situation zu sprechen. Ich müsse mir, insistierte er, während er in seiner leeren Tasse herumrührte, über die Tatsachen im Klaren sein, denn ich würde mich, sobald das Urteil gesprochen sei und alles den zu erwartenden logischen Verlauf nehmen würde, allein auf der Schwelle des Gerichts wiederfinden.

Sie brächten mich noch alle ins Grab mit ihrer Justiz, ihren Urteilen. Daraufhin meinte Bogaert, dass wir das Thema wechseln sollten. Er habe über unsere

Theorie vom unbestimmten Raum nachgedacht, fuhr er fort und musterte mich plötzlich mit auffallender Schärfe. Er befand, dass es etwas Zweideutiges an dem Konzept gebe. Gewiss, wenn es keine vorab klar umrissene Definition gäbe, könnten schnell neue Lösungen des sozialen Zusammenhalts gefunden werden. Aber dadurch würde auch jede Verantwortlichkeit zunichte gemacht, das hieße, wenn sich die Situation verschlechterte, wäre niemand mehr für irgendetwas verantwortlich. Oder wir wären es alle, schloss er, während er mich weiter fixierte.

Ich musste lachen. Es hätte nicht viel gefehlt, dann hätte man mich vor die Anklagebank gezerrt. Ich betrachtete sein ernstes, offenes Gesicht. Mein Lächeln erstarb. Ich sagte ihm, ich bedauerte es, dass wir einander so schlecht verstünden, trank mein Glas aus und ging zur Bushaltestelle.

Ein heftiger Wind fegte über die Stadt. Ich schlug den Mantelkragen hoch und wich den Bettlern aus, die vor dem Bahnhof herumlungerten und um Geld baten, für sich selbst, ihre Hunde oder irgendwelche karitativen Vereine, die mit deprimierenden Dingen zu tun hatten. Ein paar Meter vor mir stand ein großer schwarzer Mann mit Dreadlocks, die ihm das Aussehen einer afrikanischen Medusa gaben. Über seine Schultern hinweg sah ich, wie mein Bus in die Rue La Fayette einbog, und sagte ihm, dass ich seiner Bitte um finanzielle Unterstützung nicht nachkommen könne, da ich es eilig hätte. Aber als ich mir meinen Weg bahnen wollte, stellte er sich mir entgegen, ohne dabei aggressiv zu sein, er meinte es eher scherzhaft und überhäufte mich mit allerlei Komplimenten, in der Hoffnung, mich mit dieser Taktik vielleicht doch noch herumzukriegen. Noch immer über seine Schultern hinweg sah ich, wie mein Bus davonfuhr, und dann, in derselben Richtung, in der auch der Eingang zum RER lag, eine junge blonde Frau mit vertrautem Profil, die in eine unförmige Jogginghose gezwängt einen Sportkinderwagen vor sich herschob und mir wirklich erstaunlich vertraut vorkam, denn ich kannte nicht viele junge blonde Mütter, die mitten in Paris mit Jogginghose herumliefen, schon gar nicht solche, die derart geschminkt waren wie diese hier, sie war regelrecht in den Tuschkasten gefallen. Dann verschwand sie in der RER-Station, und der Mann vor mir, der sich geschlagen gab durch meine Trägheit, trat zur Seite und ließ mich in Richtung Rue La Fayette weiterziehen, wo wie durch ein Wunder ein weiterer Bus herangefahren kam. Ich stieg ein und wartete ab, bis wir an der Place Gambetta hielten, um endlich wieder Luft zu holen.

28

Ich war beunruhigt, das war die Folge.

Ich erfand alle möglichen Zufälle.

Ich war Teil eines erschreckenden Dramas, das meine Wahrnehmung beeinträchtigte.

Paris war zu groß, man traf die Menschen hier nicht zufällig.

Paris war ganz klein, ein Dorf, verglichen mit London oder Berlin.

Doch Annabelle war weder je blond noch stark geschminkt gewesen, sie war auch nicht geschmacklos angezogen wie eine mittellose Hausfrau. Annabelle war tot. Sie lag in einem Graben an der Côte d'Or oder der Yonne, man hatte sie nur deshalb noch nicht gefunden, weil die sturzbachartigen Regenfälle ihren Körper unter der burgundischen Erde verschüttet hatten, aber sie befand sich dort, denn ihr Mann hatte sie umgebracht. Niemand wusste wie, weil er zeitgleich Erdgeschosswohnungen an vermögende Aasgeier verkauft hatte, aber am Ende hatte er sie doch getötet, es waren nur meine Augen, die mich gerade getäuscht hatten.

Roubeau rief mich am darauffolgenden Tag an. Ich sagte ihm, dass ich verrückt geworden sei. Er bat mich, das zu erklären. Dann bestätigte er mir, dass es nicht selten vorkomme, dass man jemanden, an den man oft denkt, an jeder Straßenecke zu sehen glaubt. Ja, Roubeau hatte sicher recht.

Der Anwalt hatte nicht viel Neues für mich, nur eine kleine Sache. Es schien, als habe Lecoq wenig Klugheit bewiesen, als er Malika gegenüber behauptet hatte, den kleinen Labrador ins Tierheim gegeben zu haben. Diese sei über seinen Ton beleidigt gewesen und erzählte alles der Polizei, die wiederum das Register des Tierheims überprüft habe. Doch hier sei den ganzen Sommer über kein Welpe aufgetaucht, der auch nur annähernd an Toupie erinnerte. Die Polizei verfolge diese Spur noch weiter, da es ja wohl erstaunlich sei, dass dieser Mann weder wusste, wo seine Frau abgeblieben war noch sein Hund, schloss Roubeau ungewohnt heiter.

Ich fuhr also fort, nichts zu tun. Nur Cécile störte meinen Alltag. Da sie unentwegt anrief, ging ich irgendwann nicht mehr ans Telefon, sobald ihr Name auf dem Display erschien. Tag und Nacht irrte ich durch die Wohnung oder trat auf den Balkon, um die Herbstgewitter zu betrachten. Die Blitze schlugen zwischen den kahlen Ästen hindurch auf den Gräbern ein. Das war ein eindrucksvolles Spektakel. Ich öffnete Bogaerts Whisky, um darauf anzustoßen.

Als der Whisky leer war, kaufte ich neuen. Anfangs wechselte ich die Geschäfte. Um die Flasche in einem umfangreicheren Einkauf zu verstecken, nahm ich noch Chips und mit Anchovis gefüllte Oliven dazu. So hätte man denken können, dass auch ich Aperitifs veranstaltete. Sobald ich in der Wohnung war, legte ich die Einkaufstaschen auf Bogaerts Architekturkatalogen ab. Manchmal nahm ich mir eine Handvoll Chips, und die Krümelspur auf dem Parkett markierte meine Routen. Bald schon erkannten mich die Kassiererinnen von Franprix und Carrefour wieder. Ich war die Frau, die sich montags, mittwochs und freitags mit Whisky eindeckte. Aber das war mir ganz egal. Wen interessierte mein Lallen, ich musste niemanden mehr sehen, niemanden mehr sprechen. Inzwischen ging ich jeden Tag zu Franprix, das war näher.

Eines Tages aber klingelte Cécile an der Tür. Es stimmte, ich hatte zugesagt, einen Kaffee mit ihr in Gambetta zu trinken. Cécile nervte mich, sie wollte unbedingt, dass ich durchhalte. Außerdem, wenn sie nur gekommen war, um mir zu sagen, dass ich schrecklich aussah, hätte sie sich den ganzen Weg mit RER, Metro und Bus auch sparen können. Mit der stratosphärischen Abwesenheit von Originalität, die Cécile auszeichnete, sagte sie mir, ich müsse wieder auf die Beine kommen. In der Küche suchte sie nach Kaffeeresten, und während das Espressokännchen auf dem Herd blubberte, sammelte sie die Flaschen und die Verpackungen der Knabbereien ein, holte den Besen hervor und beseitigte die Spuren meiner Nachlässigkeit.

»Das sieht dir gar nicht ähnlich, du bist doch sonst so sorgsam und beherrscht. Aber sie werden uns nicht kriegen«, meinte sie zum Schluss und verzog das Gesicht.

Ich fragte mich, von wem sie da redete, brachte jedoch nicht die Kraft auf, nachzufragen. Ich saß zusammengesunken auf einem Stapel Kataloge und betrachtete die Zahnpastaflecken auf meinem Pullover, die ganze Galaxien zu bilden schienen. Cécile forderte mich auf, duschen zu gehen und mir bei der Gelegenheit auch gleich die Haare zu waschen. Beschämt schleppte ich mich ins Badezimmer.

Wir tranken den Kaffee in der Küche. Er war gut. Cécile konnte einfach alles, Kaffee kochen, sich um Leute kümmern, ihnen Freude am Leben zurückgeben. Auf einmal empfand ich eine gigantische Liebe für sie. Ich hätte in sie hineinbeißen, sie aufessen können. Aus einem Übermaß an Stolz hatte ich mein Leben versaut, während sie ein gemütliches Nest gebaut hatte. Ich sagte ihr, dass ich sie bewunderte. Sie sah mich misstrauisch an. Ich wiederholte, dass ich sie wirklich außerordentlich schätzte. Sie erklärte mir, dass ich wohl noch betrunken sei und entschied, dass wir draußen eine Runde drehen würden. Ich setzte meine Sonnenbrille auf, um zum Friedhof hinunterzugehen, meine Augen taten weh.

Die Toten von Père Lachaise hatten Persönlichkeit. Sie waren für alle Ewigkeit unter kunstvollen Platten begraben. Mit Giebeln über den Grüften und komplizierten Figuren an den Seitenwänden demonstrierten sie ihre spirituelle Extravaganz durch eine Fülle unbekannter Symbole aller Weltreligionen. Ich erklärte Cécile, dass ich auch ein solches Grabmal haben wollte, etwas zwischen Obelisk und Schneckenhaus. Sie solle einfach nur das Geld von unserem Haus für die Grabstätte verballern.

Cécile blieb stehen. Sie zwang mich, mich auf eine Bank zu setzen und sagte dann:

»Jetzt hörst du mal auf, dich dumm zu stellen. Wir müssen reden.«

Tatsächlich schien sie schon seit dem frühen Nachmittag um den heißen Brei herumzuschleichen und sich mit Ablenkungsmanövern davon abzuhalten, über das zu reden, was sie anscheinend quälte. Es war mir klar, dass sie mich nicht nur deshalb angerufen hatte, weil sie wissen wollte, was es Neues gab. Sie wollte sichergehen, dass ich noch da war, um mir anzuhören, was sie mir zu sagen hatte, sobald sie den Mut dazu aufbrächte. Ich ahnte es, aber da auch ich meine Problemchen hatte, wie man ja den Zeitungen entnehmen konnte, hatten Céciles Gewissensnöte nicht unbedingt Vorrang für mich. Jedenfalls hatte ich noch nie viel Geduld für Ausflüchte. Ich habe zwar mein Leben versaut, aber ich habe es wenigstens nicht für ständige Um- und Auswege verloren, Cécile.

Kleinlaut fragte sie mich, ob ich mich an den Tag erinnerte, an dem du dir die Elektrosäge ausgeliehen hattest. Selbstverständlich erinnerte ich mich. Es war ein Sonntagnachmittag, ich war gerade dabei, den Geschirrspüler auszuräumen. Ich sortierte das Besteck und betrachtete unsere nagelneue Arbeitsplatte. Die Silikonfuge war schlecht verarbeitet. Zwischen Platte und Wand drangen dicke Tropfen ein, das störte mich kolossal. Ich schlug vor, das mit ein paar Leisten zu beheben und bat dich, zu den Taupins zu gehen und die Elektrosäge auszuleihen, während ich das Material vorbereitete. Es hat nicht viel Zeit in Anspruch genommen. Jeder dahergelaufene Intellektuelle ist dazu fähig, eine Leiste zuzuschneiden und an der Wand zu befestigen. Am späten Nachmittag habe ich Patrick die Säge selbst zurückgegeben.

Cécile rutschte unruhig auf der Bank herum. Die Sonne schien nun sie zu stören. Sie wollte wissen, ob ich mich auch noch daran erinnern könne, wie Romaric ein paar Tage später, an einem besonders heißen Julimorgen, den toten Kater gefunden hatte. Tatsächlich war mir diese Überschneidung nicht entgangen. Wir beide waren sogar froh darüber, dass wir die Säge jetzt schon benutzt hatten, denn es wäre weitaus heikler gewesen, ein Werkzeug auszuleihen, das einem so finsteren Unterfangen gedient hatte. Natürlich war es auch denkbar, dass der Kater mit einer anderen Säge getötet worden war. Aber in unserem tiefsten Inneren erschien uns das abwegig.

»Weder Patrick noch ich haben jemals gedacht, dass ihr das mit dem Kater gewesen seid«, meinte Cécile beflissen.

»Ihr habt euch aber auch nicht gestellt«, relativierte ich.

Cécile stieß einen langen Seufzer aus. Patrick war

der Ansicht gewesen, dass er sich geschickt angestellt hätte. Da du deinen Plan vor dem offenen Küchenfenster ausgebreitet hattest, kam er auf die Idee, selbst in den Baumarkt zu fahren und das geruchlose Gift zu kaufen. Wegen deines scherzhaften Tons meinte er, du würdest es sowieso nicht durchziehen. Nein, es waren nur leere Worte, um Zweifel zu säen, das Feuer zu schüren.

Patrick hatte also den Kater vergiftet. Doch in dem Moment, als das Tier starb, wurde es im Garten der Dudus von heftigen Krämpfen geschüttelt. Da sich der Kater vor Schmerzen krümmte und dabei laut miaute, rannte Patrick schnell durch die Büsche und trug ihn in den Keller hinunter, wo er sein Leiden verkürzte. Er ergriff, was gerade zur Hand war, erst einen Hammer, und dann wusste er nicht, was er noch benutzt hatte. Wie in einem barbarischen Delirium schnappte er sich die Elektrosäge und vollendete sein Werk mit einem Blutbad.

Danach verbrachte er mehrere Stunden niedergeschlagen im Untergeschoss. Da er nicht wieder nach oben kam, ging Cécile ihrerseits in den Keller hinunter, wo sie das Massaker erblickte. Patrick wollte sich stellen. Doch sie gemahnte ihn, an die Kinder zu denken, und schlug vor, den Kater im Garten zu vergraben. Da sich Patrick weigerte, die Sache einfach abzuhaken, beschlossen sie, das Schicksal entscheiden zu lassen. Patrick warf die Überreste des Katers in die Baugrube der Kanalisation, sodass alle sie sehen konnten. Sollte er gefasst werden, würde er gestehen. Wenn nicht, würden sie es als Vorsehung betrachten.

Ich stellte fest, dass uns die Vorsehung nichts erspart hatte. Cécile senkte den Kopf. Dann wurde ich aber doch ein wenig neugierig und fragte sie, was sie eigentlich persönlich gegen den Kater gehabt hätten.

»Das war nur, um nicht Annabelle erwürgen zu müssen«, antwortete Cécile platt.

Ich hätte nicht sonderlich viel Interesse gezeigt, erinnerte sie mich, als sie Anfang Juni ins Café gekommen sei, wo ich mich mit meinem Computer verschanzt hatte. Ich hatte den besagten Nachmittag deutlich vor Augen. Jeder wollte mich anscheinend stören, mir Informationen über das Kompostbecken abringen oder den Trödelmarkt oder sonst was, während ich verzweifelt versuchte, mich auf meine Arbeit zu konzentrieren.

»Ja, der Pfingstflohmarkt«, unterbrach mich Cécile, »da hat alles angefangen.«

Und so erfuhr ich, wie die Mütter, benommen vom Alkohol und den Mikroshorts, ihre Stände zusammengepackt und ihre Kinder geschnappt hätten, um Letztere ins Bett zu stecken, während die Männer den Abend unter sich beendeten. Diese Männer aber, die bis spät in die Nacht hinein durch die Straßen zogen und sich beim arabischen Mini-Markt noch mehr Flaschen besorgten, die sie sich dann hineinpfiffen, zogen nicht allein umher, sondern zusammen mit Annabelle, die ihren Sohn Ines überlassen hatte und sich nicht lange bitten ließ, noch ein Bier mehr zu trinken. Und ich erfuhr auch, dass sich die junge Frau in der allgemeinen Heiterkeit bald schon mit Patrick hinter einem großen Geländewagen wiederfand, wo geschah, was Cécile nicht weiter ausführen wollte. Diese Information überraschte mich nicht sonderlich. Ich sagte immer noch nichts. Cécile schien immer stärker von der Sonne geblendet zu werden.

Patrick hatte es ihr nicht sofort erzählt. Er befand, seine Entgleisung sei allein dem Alkohol geschuldet gewesen, doch Annabelle ließ sich niemals einfach so abhaken. Jedes Mal, wenn sie sich begegneten, erinnerte sie ihn mit einem Zwinkern oder einem Lächeln an seinen Fehltritt. Und er versuchte vergebens, ihr aus dem Weg zu gehen. Eines Abends stellte sie ihn dann doch vor dem Kompostbecken, wo sie ihm mitteilte, es sei neulich sehr nett gewesen, hinter dem Geländewagen, und sie hoffe, dass man das wiederholen könne, und sie würde sich bei der Gelegenheit über ein kleines Geschenk freuen, zum Beispiel ein Smartphone oder ein Schmuckstück, so etwas in der Art.

Cécile schien sich jetzt doch gewaltig an der Sonne zu stören. Ich sagte, wir sollten zurück in die Wohnung gehen. Am Küchentisch bot ich ihr einen letzten Schluck Kaffee an, und während sich die Schatten des Friedhofs über uns legten, erklärte ich ihr, dass sie das alles vor der Polizei wiederholen müsse, oder aber ich würde es selbst tun.

29

Ich war nüchtern, als ich am darauffolgenden Tag Roubeau anrief. Langsam war es genug. Ich hatte ihm bereits neuntausendachthundert Euro überlassen, während du noch immer in deiner Zelle schmortest. Hatte er nicht längst mit deiner Psychiaterin telefoniert? Serrier hätte ihm bestimmt gesagt, dass du die Haft nicht länger erträgst. Man hätte Himmel und Hölle in Bewegung setzen, die Nachbarn erneut befragen müssen, doch ganz offensichtlich verschwieg er uns etwas. Der Anwalt antwortete mir geduldig, wie immer, er sei weder ein Privatdetektiv noch ein Zauberkünstler. Ich wünschte, die Telefone bestünden noch immer aus dem schweren Bakelit wie einst, um den Hörer richtig aufzuknallen.

Verzeih mir, aber in diesem Moment dachte ich, dass es mit Roubeau genauso lief wie mit dir: Alles musste ich selbst machen. Ich hätte mich lieber aufgehängt, als noch einmal einen Fuß in unsere Allee zu setzen. Doch dann erinnerte ich mich daran, dass Malika oft Termine im Tenon-Krankenhaus hatte, das war einen Katzensprung von der Place Gambetta entfernt. Sie traf dort Gerontologen, um ihnen Produkte anzubieten, die die Folgen der neurogenerativen Demenz hinauszögerten. Einmal hatte sie mir erklärt, dass diese Medikamente nicht besser waren als die der Konkurrenz. Allerdings war sie im Besitz von Studien, die auf zahlreichen klinischen Tests basierten. Welches Argument man ihr auch immer entgegenhielt, sie konnte den Einwand aushebeln. Kurzum, es war ihr Beruf, diese Produkte zu vermarkten.

Ich schickte ihr eine SMS, in der stand, dass ich mich ein wenig einsam fühlte und mich freuen würde, einen Kaffee mit ihr zu trinken. Malika rief mich kurz danach an. Und tatsächlich hatte sie am Ende der Woche einen Termin im Tenon, man könne die Gelegenheit nutzen und zusammen zu Mittag essen. Ende der Woche war allerdings reichlich spät. Ich antwortete, dass mir heute lieber sei. Sie war einverstanden.

Bogaert hatte mir ein Restaurant empfohlen, das etwas versteckt hinter dem Platz lag. Es war ein Lokal im alten Stil, mit Holztäfelungen, Spiegeln, dekorativen Schmiedearbeiten. Ich fand es künstlich. Da ich früher dran war, bestellte ich Schnecken mit Mayonnaise und wartete. Auf der Avenue liefen die Pariser Bürger mit großen Schritten voran, eilig ihrem Ziel entgegen. Die Geschäfte beschränkten sich auf zwei Kategorien, je näher sie dem Platz kamen: Bestattungsunternehmen und Immobilienagenturen. All die Toten machten natürlich ihre Wohnungen frei und schufen damit neue Möglichkeiten. Ich sagte mir, dass wir hier gut hinpassen würden, in ein kleines Zuhause in Gambetta. Sicherlich konnten wir hier in Sachen Komfort nicht das erwarten, was wir von unserem Haus gewohnt waren. Aber wir würden uns sicher fühlen, wegen der Geschäfte in der Nähe und durch den beruhigenden Einfluss des Friedhofs.

Ich fand Malika von Anfang an sehr elegant. Im Gegensatz zu allen anderen Nachbarn, die mit großer Mehrheit sportliche oder folkloristische Kleidung bevorzugten – oder aber eine bedauernswerte Mischung aus beidem –, ergänzte sie schlichte Kombinationen durch ein paar ausgefallene Accessoires, die auf ihr Herkunftsland hindeuteten, wie klirrende Armreifen, auffällige Schals, extravagante Hängeohrringe.

Malika setzte sich mir gegenüber, warf einen vorsichtigen Blick auf meine Schnecken und bestellte sich selbst Rohkost. Sie hatte keinen großen Hunger. Sie aß lieber leicht zu Mittag, da es schwierig sei, sich mit vollem Bauch bei den Meetings zu konzentrieren. Doch ich hatte sie nicht herbestellt, um über ihre Verdauung zu reden. Ich wollte genau wissen, was Franck Lemoine Youssef erzählt und was Malika an Cécile weitergegeben hatte, die es mir am Abend zuvor gestanden hatte, als ich ihr vorschlug, alles der Polizei zu berichten. Malika stocherte in ihrem Salat herum und war sich nicht sicher, ob sie ausweichen sollte. Doch da ich sie unentwegt anstarrte und eine Schnecke unbeweglich in der Luft hielt, gab sie alles zu.

An einem Abend Mitte Oktober, während du bereits länger als einen Moment im Gefängnis saßest, suchte Lemoine Youssef auf, weil ihm etwas auf dem Herzen lag. Ihm war da nämlich eine kleine Sache eingefallen. Er wusste nicht recht, ob er damit zur Polizei gehen sollte, seine Frau konnte er aber auch nicht um Rat fragen, da sie nicht mehr mit ihm sprach.

Alle wussten inzwischen, dass Franck Lemoine von Zeit zu Zeit Arnaud Lecoq im Mister King traf, einem Privatclub in Melun, wo der Krankengymnast seine Praxis hatte. Es war Lemoine zwar noch immer etwas unangenehm, aber er machte auch keine Staatsaffäre daraus. Was ihn jedoch weitaus mehr störte, war, dass er sich am Abend von Annabelles Verschwinden tatsächlich mit Lecoq in den Club begeben, diesen dann aber aus den Augen verloren hatte. Du weißt ja, wie das ist, hatte er zu Youssef gesagt, der von nichts wusste, man verliert sich im Gemenge, weiß nicht mehr, wo einem der Kopf steht. Kurzum, zwischen dem Moment, wo die beiden Männer zusammen im Club eingetroffen waren, und dem Moment, als sie wieder gingen, also gegen halb zwölf Uhr nachts, hatte Franck den Immobilienmakler nicht gesehen.

Youssef hatte nachgedacht. Er gab Franck gegenüber zu bedenken, dass Melun auf halber Strecke zwischen Auxerre und der Peripherie von Paris lag und dass irgendwo zwischen diesen beiden Orten alles hätte passieren können. Franck hatte zustimmend genickt und erklärt, dass er die Polizei informieren werde. Doch Youssef hatte ihn zurückgehalten. Man müsse vorsichtig sein. War sich Lemoine sicher, was seine Erinnerungen betraf? Würde er eventuell seine Meinung ändern und sich etwas später noch an andere Dinge erinnern? Sie alle hatten schließlich viel mitgemacht in den letzten Monaten. Man habe sich bei den Banken auf Jahrzehnte hin verschuldet, man dürfe jetzt nichts auf die leichte Schulter nehmen, sondern müsse vielmehr an die Zukunft denken, an das Wohl der Familie, und alle Konsequenzen abwägen, bevor man irgendeine Initiative ergriff.

Lemoine verstand nicht, worauf Youssef hinauswollte. Dann sagte er, dass es da noch etwas gäbe. Er hatte sich auch daran erinnert, dass er dich am Morgen von Annabelles Verschwinden am Ausgang des Parkplatzes vom Supermarkt gesehen hatte. Du seist mit dem Auto losgefahren, und er musste eine Vollbremsung machen, bevor er dich dann am Lenkrad erkannte. Lemoine sei ganz verdattert gewesen. Er wusste nicht einmal, dass wir ein Auto besaßen, und noch dazu ein Sammlerstück, einen Jaguar Cabriolet aus dem Jahr 1989, meinte sich Malika zu erinnern.

»Er hat aber mindestens hundertfünfzigtausend Kilometer auf dem Buckel«, bremste ich sie.

Das war in der Tat genau dasselbe, was du Lemoine geantwortet hattest. Um das Gespräch abzukürzen, habest du ihm gesagt, dass du nicht zu spät kommen wolltest, weil deine Mutter in Auxerre auf dich wartete. Eure Unterhaltung endete hier. Doch Lemoine war wie versteinert von dieser Begegnung. Wenige Minuten später konnte er sich nicht zurückhalten, es Lecoq zu erzählen, der ihn angerufen hatte, um sich mit ihm im Mister King zu verabreden. Und Franck fragte sich im Nachhinein, ob er wirklich hätte antworten sollen, als ihn der Immobilienmakler fragte, wohin du mit deinem Jaguar wolltest, ob es wirklich nötig gewesen war, ihm zu sagen, dass du nach Auxerre wolltest, oder ob es nicht besser gewesen wäre, nichts zu sagen.

Ich war mit meinen Schnecken fertig. Malika hatte ihren Salat nicht angerührt. Ich ließ sie ein wenig Luft holen und ein paar Bissen Sellerie hinunterschlucken. Summa summarum, schlussfolgerte ich, Lecoq hatte Wind davon bekommen, dass sich Annabelle und mein Mann zum selben Zeitpunkt in derselben Gegend aufhielten, und das hätte er ausnutzen können oder auch nicht. Malika nickte zustimmend, während sie eine Gurke aufspießte. Ich bestellte uns zwei Kaffee, davon einen Gourmet-Kaffee. Das Mousse au Chocolat war nicht übel. Ich ließ Malika bezahlen. Cécile rief noch am selben Nachmittag die Polizei an. Sie sagte, dass sie es bedaure, so spät auf sie zuzukommen, aber etwas beschäftige sie. Es schiene ihr inzwischen, dass sie dich am Tag des Verschwindens nach Hause kommen sah, und zwar zu der Zeit, als ihre Kinder von der Schule kamen, das heißt um siebzehn Uhr dreißig. Das sei genau die Zeit gewesen, in der sich Annabelle in der Shell-Tankstelle von Auxerre aufgehalten hatte. Da sie von mir wusste, dass du seit mehreren Tagen im Bett lagst, war sie zunächst überrascht, dann aber erfreut, weil es dir anscheinend besser ging. Sie hatte die Polizei nur deshalb nicht früher informiert, weil sie sich wohl im Tag geirrt hatte. Doch ihr Sohn Tom hatte sie dann vom Gegenteil überzeugt. An jenem Abend war er nämlich von seinem Basketballtraining nach Hause gekommen und hatte auf dem ganzen Heimweg mit dem Ball herumgedribbelt. Du hattest ihn sogar für seine Technik gelobt, bevor du den Schlüssel ins Schloss stecktest. Also war es ein Donnerstag, denn Tom hat nur donnerstags Training.

30

Ich hätte mir gewünscht, dass du mir vertraust. Es stimmt, dass ich es mit der Dosierung etwas übertrieben habe. Aber du musst das verstehen. Wenn ich, so wie Cécile, Malika und Ines und sogar Aude Lemoine einen Mann gehabt hätte, der morgens aus dem Haus geht, um seine Brötchen zu verdienen und abends zurückkommt, nachdem er einen Schlenker zum Supermarkt gemacht hat, wäre es nicht nötig gewesen, dich ans Bett zu fesseln.

Jedenfalls hattest du mich kommen hören und tatest so, als würdest du deine Pillen schlucken. Das war nur fair. Aber es nervt mich, dass du heimlich abhaust, um deine Mutter zu besuchen, um ihr was weiß ich was zu erzählen, dass du dich verloren fühlst, dass du nicht wüsstest, wo das hinführen soll mit dir und mir. Es war nicht nett, sie so zu beunruhigen. Oder denkst du, dass ihr das gutgetan hat, in ihrem Alter, zuzusehen, wie auf einmal die Polizei hereinplatzt, um sie zu fragen, ob ihr einziger Sohn ihr am 6. September einen Besuch abgestattet habe, und warum und um welche Uhrzeit genau.

Am Ende haben sie den kleinen Labrador unter der Terrasse der Lecoqs gefunden. Toupie war in der Betonrinne begraben, die als Abfluss für das Regenwasser diente. Der Hund war erschossen und dann in den Kalk geworfen worden, um nicht allzu sehr zu stinken. Die Waffe selbst, ein Erbstück von Arnauds Großvater, lag neben ihm.

Es ist hässlich, seinen eigenen Hund zu töten. Aber es ist noch schlimmer, seine Frau und seinen Sohn anzurühren. Wenn Franck Lemoine also Arnaud Lecoq im Mister King Club aus den Augen verloren hatte, weil er sich in diesem anrüchigen Dunst mit wer weiß wem zusammengetan hatte, so konnten andere Herren sehr wohl bestätigen, dass der Immobilienmakler den ganzen Abend über in dem Etablissement verblieben war. Dieser war im Übrigen die ganze Zeit auf dem Radar der Polizei. Es ist demnach nicht gerade wahrscheinlich, dass er Annabelle und Leo wo auch immer aufgesucht hat, um ihnen was auch immer anzutun.

Ich habe es nicht geschafft, Cécile davon zu überzeugen, die Umstände des Todes des Katers offenzulegen. Sie hatte Angst vor den Folgen für die Kinder, zumal mehrere, ziemlich deutliche Indizien gegen dich sprachen. Sie schlug mir stattdessen eine andere Lösung vor, die mit Tom und seinem Basketball zu tun hatte. Ich willigte ein, unter der Bedingung, dass Malika mitmachte.

So wie Youssef gemahnte auch sie zur Vorsicht. Sie meinte ebenfalls, man müsse an die Zukunft denken, bevor man irgendwelche Initiativen ergriff. Freilich hielt sie eine Zukunft ohne die Lecoqs auf der anderen Seite der Hecke für weitaus besser als mit ihnen. Daher bestätigte sie, ebenso wie Cécile, gesehen zu haben, wie Charles Caradec gegen siebzehn Uhr dreißig die Allee entlangging. Beide meinten sie bemerkt zu haben, dass er besser aussah als sonst, wo er doch seit Wochen kaum mehr einen Fuß vor die Tür gesetzt hatte. Und ja, sie war sicher, dass es sich um Donnerstag, den 6. September handelte, da sie von einem Termin im Hotel Tenon zurückkam, und es genau dieser Tag war, an dem das Treffen stattgefunden hatte, wie man leicht bei den betreffenden Ärzten hätte überprüfen können.

Ich bin sicher, dass es dir in Gambetta gefallen wird. Dafür machen wir ein für alle Mal einen Strich unter unser Privateigentum. Als Mieter hat man weniger Sorgen. Außerdem haben wir kein Geld mehr. Der Verkauf unseres Hauses wurde annulliert. Da es ein Unfall war, bekommen wir vielleicht die gesamte Kaufsumme wieder. Aber wer weiß, wie lange das dauern wird. Außerdem hättest du mir zuhören sollen, als ich wiederholt darauf hingewiesen habe, dass es komisch roch.

Bevor man das Erdgas, das im reinen Zustand geruchlos ist, in das Verteilungsnetz einspritzt, fügen ihm die Energielieferanten Tetrahydrothiophen hinzu. Dieses Molekül hat einen starken Geruch nach faulen Eiern, was es den Nutzern ermöglicht, einen Austritt des Gases zu bemerken und sofort zu lüften oder die Feuerwehr zu rufen. Aber es stimmt auch, dass bei der Hitze und dem Zementstaub, der die ganze Zeit in der Luft lag, alles ein wenig vergammelt roch.

Ich bin noch ein einziges Mal in die Allee zurückgekommen. Die Ringelblumen schliefen im Grau des Herbstes und warteten nur darauf, erneut zu erwachen. Cécile sagte, es sei schade, sie zurückzulassen. Ich transportierte sie im Jaguar in Bogaerts Wohnung und stellte sie dort auf den Balkon. Danach setzte ich eine Verkaufsanzeige für den Schlitten in Le Bon Coin. Wir würden nicht mehr die Mittel haben, einen Parkplatz zu bezahlen.

Der Unfall ereignete sich in der darauffolgenden Nacht. Nur die beiden ersten Häuser auf der Seite mit den ungeraden Hausnummern waren betroffen. Als die Gasleitung explodierte, zersplitterte unsere Fassade vollständig. Der Balkon vor unserem Schlafzimmer sank in sich zusammen und riss das Dach und einen Teil des Dachs der Lecoqs mit sich. Das Feuer hatte sich bereits in beiden Häusern ausgebreitet, als die Feuerwehrmänner es in den Griff bekamen – gerade noch rechtzeitig, bevor es auch das Haus der Benanis erfassen konnte. Lecoq fand die Überreste vor, als er spät nachts nach Hause kam. Wer weiß, ob er zuvor noch im Mister King gewesen ist.

Patrick und Youssef stellen bereits Vermutungen an. Sie hatten etliche Stunden damit zugebracht, das Kanalisationssystem zu analysieren, um die Ursache der Explosion zu finden. Doch die technischen Kompetenzen sind nicht immer alles. Manchmal genügt auch ein ordentlicher Spatenstich ins System, und man findet schnell eine Menge Leute, die eine solche Aufgabe für einen guten Preis gern übernehmen.

© Chiara Santarelli

Julia Deck wurde 1974 in Paris geboren. Sie studierte Literatur, arbeitete für zahlreiche Zeitungen und Zeitschriften und unterrichtet an der Journalistenschule. Bei Wagenbach lieferbar sind ihre hochgelobten Romane *Viviane Elisabeth Fauville* und *Winterdreieck*.

Französische Literatur im *SVLTO*

Vincent Almendros Ein Sommer

Auch eine Liebesgeschichte

Zwei Liebespaare auf einem Segelboot im Mittelmeer. Wie soll das gutgehen? Die Sonne brennt, der Weißwein prickelt, die Urlauber sind angespannt. Ein erfrischend leichter Sommerroman, der ein verwegenes Spiel mit seinen Figuren treibt.

Aus dem Französischen von Till Bardoux
SVLTO. Rotes Leinen. Fadengeheftet. 96 Seiten

Vincent Almendros Ins Schwarze

Ein Sommerkrimi

Der Abend ist schwül, die Straße leer. Es dunkelt. Die Strecke zieht sich. Widerwillig fährt Laurent zur Hochzeit einer Cousine in sein Heimatdorf. Begleitet von Claire, die er als Constance vorstellen wird. Er wird sie alle wiedersehen. Oder vielmehr alle, die noch übrig sind.

Aus dem Französischen von Till Bardoux
SVLTO. Rotes Leinen. Fadengeheftet. 120 Seiten

Claire Gondor Ein Kleid aus Tinte und Papier

Roman

Am Ende ist das Licht perfekt, der Fotograf begeistert von seinem Hochzeitsfoto in bunter Herbstlandschaft und die Braut wunderschön. Sie trägt ein Kleid aus sechsundfünfzig Briefen.

Aus dem Französischen von Theresa Benkert
SVLTO. Rotes Leinen. Fadengeheftet. 112 Seiten

Anne Wiazemsky Paris, Mai '68

Ein Erinnerungsroman

Für die junge Schauspielerin ist alles neu: ihre plötzliche Berühmtheit und die Ehe mit Jean-Luc Godard, die Welt ihres Mannes und die Themen, die Studenten, Arbeiter und Intellektuelle auf die Barrikaden treiben.

Aus dem Französischen von Jan Rhein
SVLTO. Rotes Leinen. Fadengeheftet. 168 Seiten

Kleine Romane für eine Nacht

Marcello Fois *Schwestern*

Die alte Geschichte

Schwestern: lange nicht gesehen, sofort wieder miteinander gestritten. Auch diesmal, beim ersten Treffen nach dem Tod des Vaters, geben die Zwillinge Alessandra und Marinella keinen Millimeter ihres Terrains preis.

Aus dem Italienischen von Esther Hansen
SVLTO. Rotes Leinen. Fadengeheftet. 144 Seiten

Juan Marsé *Gute Nachrichten auf Papierfliegern*

Roman

Papierflieger über Barcelona künden von nichts Geringerem als von Leben, Liebe und Tod. Eine ehemalige Varietétänzerin – eine alte Dame mit Papagei und Kanarienvogel – öffnet dem jungen Bruno die Augen: Ein kleines Buch, das eine große Geschichte erzählt.

Aus dem Spanischen von Dagmar Ploetz
SVLTO. Rotes Leinen. Fadengeheftet. 96 Seiten

Sergio Pitol *Eheleben*

Roman

Das Eheleben von Jacqueline und Nicolás ist ein Feuerwerk an misslungenen Morden. Eine Geschichte über Geld, Liebhaber, Älterwerden und andere Überlebensfragen.

Aus dem mexikanischen Spanisch von Petra Strien
Mit einem Nachwort von Antonio Tabucchi
SVLTO. Rotes Leinen. Fadengeheftet. 144 Seiten

Verlag Klaus Wagenbach Emser Straße 40/41 10719 Berlin
www.wagenbach.de vertrieb@wagenbach.de

Privateigentum erschien im Herbst 2020 als 257. *SVLTO.*

Die französische Originalausgabe erschien 2019 unter dem Titel *Propriété privée* bei Les Éditions de Minuit in Paris.

Dieses Buch erscheint im Rahmen des Förderprogramms des Französischen Außenministeriums, vertreten durch die Kulturabteilung der Französischen Botschaft in Berlin.

Liberté • Égalité • Fraternité
RÉPUBLIQUE FRANÇAISE

AMBASSADE DE FRANCE
EN
REPUBLIQUE FEDERALE
D'ALLEMAGNE

BUREAU DU LIVRE

2. Auflage 2020

Verlag Klaus Wagenbach, Emser Straße 40/41, 10719 Berlin
www.wagenbach.de
Umschlaggestaltung Julie August unter Verwendung einer Fotografie © Blend Images RF/Fronline
Gesetzt aus der Caslon und der Rounded Elegance
Leinen von Gebr. Schabert, Strullendorf
Vorsatzmaterial von peyer graphic GmbH, Leonberg
Gedruckt auf Schleipen und gebunden bei Kösel, Krugzell

ISBN 978 3 8031 1356 6

9 783803 113566

Kleine Romane für eine Nacht

Marcello Fois Schwestern

Die alte Geschichte

Schwestern: lange nicht gesehen, sofort wieder miteinander gestritten. Auch diesmal, beim ersten Treffen nach dem Tod des Vaters, geben die Zwillinge Alessandra und Marinella keinen Millimeter ihres Terrains preis.

Aus dem Italienischen von Esther Hansen
SVLTO. Rotes Leinen. Fadengeheftet. 144 Seiten

Juan Marsé Gute Nachrichten auf Papierfliegern

Roman

Papierflieger über Barcelona künden von nichts Geringerem als von Leben, Liebe und Tod. Eine ehemalige Varietétänzerin – eine alte Dame mit Papagei und Kanarienvogel – öffnet dem jungen Bruno die Augen: Ein kleines Buch, das eine große Geschichte erzählt.

Aus dem Spanischen von Dagmar Ploetz
SVLTO. Rotes Leinen. Fadengeheftet. 96 Seiten

Sergio Pitol Eheleben

Roman

Das Eheleben von Jacqueline und Nicolás ist ein Feuerwerk an misslungenen Morden. Eine Geschichte über Geld, Liebhaber, Älterwerden und andere Überlebensfragen.

Aus dem mexikanischen Spanisch von Petra Strien
Mit einem Nachwort von Antonio Tabucchi
SVLTO. Rotes Leinen. Fadengeheftet. 144 Seiten

Privateigentum erschien im Herbst 2020 als 257. *SVLTO.*

Die französische Originalausgabe erschien 2019 unter dem Titel *Propriété privée* bei Les Éditions de Minuit in Paris.

Dieses Buch erscheint im Rahmen des Förderprogramms des Französischen Außenministeriums, vertreten durch die Kulturabteilung der Französischen Botschaft in Berlin.

Liberté • Égalité • Fraternité
RÉPUBLIQUE FRANÇAISE

AMBASSADE DE FRANCE
EN
REPUBLIQUE FEDERALE
D'ALLEMAGNE

BUREAU DU LIVRE

2. Auflage 2020

Verlag Klaus Wagenbach, Emser Straße 40/41, 10719 Berlin
www.wagenbach.de
Umschlaggestaltung Julie August unter Verwendung einer Fotografie © Blend Images RF/F1online
Gesetzt aus der Caslon und der Rounded Elegance
Leinen von Gebr. Schabert, Strullendorf
Vorsatzmaterial von peyer graphic GmbH, Leonberg
Gedruckt auf Schleipen und gebunden bei Kösel, Krugzell

ISBN 978 3 8031 1356 6